PURE
BRED

순혈의 헌터

류화수 장편 소설

FUSION FANTASTIC STORY

HUNTER

순혈의 헌터 1

류화수 장편 소설

초판 1쇄 찍은 날 § 2015년 7월 24일
초판 1쇄 펴낸 날 § 2015년 7월 31일

지은이 § 류화수
펴낸이 § 서경석

편집책임 § 이창진

펴낸곳 § 도서출판 청어람
등록번호 § 제387-1999-000006호
등록일자 § 1999. 5. 31
어람번호 § 제1-2184호

주소 § 경기도 부천시 원미구 부일로 483번길 40 서경B/D 3F (우) 420-822
전화 § 032-656-4452 팩스 § 032-656-4453
http://www.chungeoram.com
E-mail § chungeorambook@daum.net

ISBN 979-11-04-90329-8 04810
ISBN 979-11-04-90328-1 (세트)

PURE BRED

순혈의 헌터

류화수 장편 소설

FUSION FANTASTIC STORY

1

HUNTER

도서출판 청어람

CONTENTS

제1장
바뀐 세상에서
살아남기

세상은 2015년 2월 15일을 기점으로 바뀌어 버렸다.

밸런타인데이에서 하루가 지났으며 설날이 며칠 남지 않은, 모든 사람이 들떠 있던 그날, 전 세계에서 동시다발적으로 정확한 숫자를 알 수 없는 수많은 불기둥이 생겨났다.

그 불기둥에 의해 생긴 불의 진화를 위해 정부에서 소방서뿐만 아니라 군대까지 동원해 나섰지만 소화에 성공할 수는 없었다.

몬스터들의 범람.

불을 끄기 위한 노력도 잠시, 불기둥에서는 무수히 많은 숫자의 몬스터가 튀어나오기 시작했다.

정부에서는 사용 가능한 모든 병력과 무기를 이용해서 몬스터들의 진압을 시도했고 결과적으로는 성공했다. 그 피해가 천문학적이었지만 일단은 방어에 성공했다.

그리고 몬스터가 나오는 게이트를 임시로 막는 데까지도 성공했다.

서방국가의 뛰어난 기술력과 그들의 지원이 아니었으면 불가능한 일이기도 했다.

게이트를 막은 지 1년이라는 시간이 지났다.

황폐해진 시설들로 예전과 같은 풍족한 자원을 누리지 못한 인류는 배고픔에 허덕이기 시작한다.

하지만 죽으라는 법은 없는지 새로운 자원을 개발하게 되는데, 그것은 바로 몬스터의 심장이라 불리는 마정석이었다.

마정석은 원자력보다 30배는 높은 에너지 효율을 보였고 새로운 에너지원으로 주목받았다.

하지만 발견된 마정석의 개수는 적었고, 때문에 마정석의 가격이 기하급수적으로 높아졌다. 그러자 사람들 사이에서는 임시로 막은 게이트를 열어야 된다는 여론이 들끓기 시작했다.

그런 여론의 중심에는 몬스터 범람 이후 세계 각지에서 생겨난 각성자들이 있었다. 그들은 자신들의 능력이라면 몬스터를 충분히 상대할 수 있으며, 비교적 안전한 게이트만 순차적으로 연다면 안전하게 사냥이 가능하다고 주장했다.

그리고 각 국가들은 다른 나라보다 빠르게 국력을 되찾기 위해 경쟁적으로 하나씩 게이트를 열기 시작했다.

각성자들의 힘은 크게 세 가지로 나뉘었는데 먼저 자연계 능력자들은 불, 물, 전기 등의 자연에서 볼 수 있었던 속성의 힘을 사용할 수 있게 되었다. 모든 각성자 가운데 가장 많은 각성자가 자연계 능력자들이기도 했다.

그리고 정신계 능력자들.

이들은 극소수에 불과했지만 가장 큰 능력을 발휘했다.

몬스터에 대한 조종에서부터 생각을 읽는 것까지 능력의 유용함에 비해 그 수가 적었기에 그들의 몸값은 자연계 능력자들의 몇 배에 달했다.

마지막으로 보조 능력 각성자들.

이들도 여러 종류로 나뉘었지만, 대부분은 그렇게 환영받지 못했다.

신체 강화 능력이 있는 능력자들은 일부 환영받기도 했지만, 은신 능력이나 통신 능력을 갖춘 이들은 워낙 낮은 전투 능력 때문에 자연계 능력자들의 반값에도 미치지 못하는 몸값으로 헌터 세계에 뛰어들 수밖에 없었다.

하지만 기반 산업이 무너져 버렸고, 직업을 찾기가 하늘의 별 따기보다 어려운 상황이었기에 보조 능력 각성자들은 생계를 위해서 위험한 헌터의 길을 가는 것 말고는 방법이 없었다.

*　　*　　*

내 이름은 추용택.

한때는 대구시의 태권도 고등학생 대표로 뛰기까지 한 꽤 유망한 태권도 선수였다.

하지만 남들보다 조금 뛰어난 태권도 실력으로는 더 이상 위로 올라갈 수 없었다.

평범한 직장인이었던 아버지를 두었기에 상위 대회로 출전할 돈과 인맥이 부족했기 때문이다.

그 뒤의 나는 태권도의 꿈을 접고 사회체육학과에 진학한 평범한 대학생이었다.

몬스터의 범람이 있긴 전까진 말이다.

서울로 대학을 진학한 나는 몬스터 범람이 있었던 후 얼마 있지 않아 나는 각성을 경험했다.

몸이 타들어가는 느낌에 병원을 찾았고 그때 내가 각성자라는 걸 알았다.

하지만 내가 가진 능력은 은신.

그것은 어디에서도 환영받지 못하는 능력이었다.

그 뒤의 나는 혼자서 고향까지 내려갈 능력이 없었고 이미 통신 시설이 마비된 상황이었기에 대구에 혼자 남아 계신 아버지의 생사를 알지 못했다.

그렇게 몬스터 범람이 끝난 후 3년이 지나서야 나는 대구로 내려갈 수 있었고, 고향의 집, 지하실 입구에서 나는 이미 모두 부패가 진행되어 뼈만 남은 시체를 발견했다. 그것이 아버지라는 것은 입은 옷과 주머니에 있던 사진으로 알 수 있었다.

할아버지와 아버지의 유일한 취미 생활은 골동품 수집이었다.

가격은 상관없이 생활비를 뺀 돈 대부분을 골동품 수집에 사용한 아버지였다.

내가 다치는 것은 눈 하나 깜짝이지 않는 아버지였지만 골동품에 자그마한 흠집이라도 생기는 날에는 온갖 수선을 다 떠시는 분이었다.

그런 분이셨기에 몬스터의 범람에서도 대피하지 않고 마지막까지 골동품을 지키기 위해 그 목숨을 바치셨던 것이다.

"형, 배고파. 오늘은 배식이 없는 날이야?"

나는 대학교 진학 전에 나를 평소 후원해 주셨던 태권도 관장님의 도움으로 집 근처에 있는 태권도장의 사범으로 아르바이트를 했었다.

방학 기간만 되면 대구로 내려와 태권도장에서 사범을 했기에 우리 동네 꼬맹이치고 나를 모르는 아이는 아무도 없었다.

몬스터 범람으로 수많은 사람이 죽었고 지금 내 옆에 있는 아이들의 부모들도 흉측한 몬스터의 손아귀에서 목숨을 지켜 내지 못했다.

정부에서는 고아원을 운영할 만한 자원이 부족했기에 거리에는 굶어 죽는 아이들이 하루가 다르게 늘어났고, 그런 모습을 보고 있을 수 없었던 나는 평소 친분이 있던 5명의 아이를 우리 집으로 데리고 와 같이 생활했다.

집이라고 해봐야 지하실이었지만 말이다.

할아버지께서는 우리나라에서는 필요도 없던 내진 설계로 골동품 저장실을 만드셨고, 그랬기에 몬스터들의 범람 속에서도 무너지지 않고 그 모습을 유지할 수 있었다.

"오늘만 참아봐. 일자리 구해서 내일부터 나도 일하게 됐으니까. 내일은 이 형이 쌀밥을 해줄게. 알았지?"

배고픔에 우는 아이들의 모습에 가슴이 아팠지만 어쩔 수 없었다.

현재 가지고 있는 식량이라고는 하루에 한 끼씩만 먹어도 일주일을 견디지 못하는 양이었다.

다행스럽게도 나는 며칠 전에 헌터 회사 면접을 보았고 값싼 임금으로나마 고용될 수 있었다.

혹시 아는가? 눈먼 마정석을 하나라도 주워 오기라도 하면 한동안은 풍족하게 먹으며 지낼 수 있었다.

이른 아침, 나는 헌터 회사에 출근하기 위해 집을 나섰다.

헌터 회사라고 해봐야 다 쓰러져 가는 빌딩 안에 차려진 회사였지만 사실 지금의 상황에서 그런 시설을 유지할 수 있는 회사조차 거의 없다고 봐도 무방했다.

"안녕하십니까. 저 출근했습니다."

"어, 그래, 왔어요? 일찍 오셨네요. 오늘 몬스터 헌팅 일정은 오전 열 시부터 시작이라 이렇게 일찍 출근하지 않으셔도 되는데."

"그래도 첫날이니까 일찍 와서 조언이라도 듣고 싶어서 헌팅 시간 전에 출근했습니다."

국가에서 직접 운영하는 헌팅 조직은 철밥통이었다.

그만큼 들어가기도 힘들었지만, 대우는 다른 회사들과는 차원이 달랐다.

헌팅을 하든 안 하든 한 달에 받는 금액은 풍족하게 먹고사는 데 지장이 없었고, 헌팅에 나가면 능력에 따라 차이는 있지만 꽤 괜찮은 인센티브를 받기도 했다.

하지만 뛰어난 각성자가 아닌 이상 공무원이 될 수는 없는 법이다. 결국 능력이 떨어지는 헌터들은 국가 지정 헌터 회사에 취업하는 수밖에 없었다.

내가 취업한 헌터 회사는 3급 헌터 회사였다.

국가에서 지정받은 업체 중에서도 가장 낮은 등급의 헌터 회사였지만 회사에서 보유하고 있는 헌터의 숫자는 10명이 넘었다.

물론 대부분이 C급 능력자들이기는 했다.

나는 은신 능력으로 가까스로 D급 인증을 받을 수 있었지만, D급의 은신 능력자인 나를 원하는 회사는 이 회사 말고는 없었다.

"뭐, 자네가 할 일이라고 해봐야 정찰 업무밖에 더 있겠냐? 그냥 가서 몬스터 숫자나 보고 오면 되는 일인데. 조언 들을 게 뭐가 있다고 그래."

소파 한가운데에서 신문지를 얼굴 위에 덮고 있던 회사의 사장이 나를 보며 말했다.

그는 내가 앞으로 일할 '이성 몬스터 헌터 회사'의 사장이면서 이 회사의 유일한 B급 능력자였다.

며칠은 씻지도 않은 듯 까치집을 지은 머리와 아직 다 떠지지도 못한 눈에 붙은 눈곱에 구역질이 올라올 뻔했지만 가까스로 참아내고 밝게 웃었다.

"안녕하십니까, 사장님. 오늘 첫 출근 했습니다."

"용택이라고 했던가?"

"네, 추용택입니다."

"저기 가서 앉아 있어. 나머지 헌터들은 헌팅 장소로 곧장 오기로 했으니 너는 이따가 나랑 같이 가면 되겠네."

대구에서 일어난 불기둥만 12개였다. 각 불기둥은 그 위험도에 따라 분류되었는데 내가 오늘 투입될 몬스터 도어—입구—는 D급 몬스터 서식지였다.

12개의 몬스터 도어 중에 헌팅이 가능하다고 판단된 숫자는 7개.

A급 이상의 등급이 매겨진 5개의 몬스터 도어는 엄격하게 출입이 통제되었고, 아직까지도 봉쇄되어 있었다. 그만큼 위험이 컸기에 헌터들도 억지로 출입하려 하지는.않았다.

나머지 7개의 몬스터 도어 중에서는 D급이 4개, C급이 2개, B급이 1개였다.

사장은 다시금 얼굴에 신문지를 덮고 모자란 잠을 청했고, 출입구 오른쪽의 책상에 앉아 있는 비서는 무엇이 그렇게 바쁜지 연신 서류를 작성하고 있었다.

말을 계속 걸 만한 분위기가 아니었기에 나는 한쪽에 있는 부서지기 직전의 의자에 앉아 사무실만 두리번거리며 시간을 보냈다.

"사장님, 이제 일어나세요. 시간 다 됐어요."

"…벌써 그렇게 됐어? 하아암."

사장은 입이 찢어지기 직전까지 하품을 한 후, 머리에 한가득 생겨 있는 비듬을 대충 털어내고는 소파에서 일어났다.

"용택아, 나가자."

아무런 준비도 없이 일어선 그는 나를 데리고 빌딩 앞 주차장으로 향했다.

석유가 한 방울도 나지 않는 데다가 물류의 유통까지 막힌 대한민국이었기에, 도로를 달리는 자동차를 보는 것은 매우 드문 일이었다.

석유 1L의 가격이 3일 치 식량 가격과 비슷했기 때문이다.

"우와! 차 타고 가는 거예요?"

"내가 회사 사장 아니냐. 사장 정도 되면 차 한 대는 끌고 가야 되지 않겠냐."

그는 차에 도착하자마자 트렁크를 열어 잡동사니처럼 보이는 짐을 뒤적거리더니 무언가를 꺼내 들었다.

"자, 이거 너 해라."

그 짐 중에서 그가 나에게 건넨 것은 검은색 타이즈 한 벌과 작은 사냥용 나이프 한 개였다.

"저 주시는 겁니까?"

"그래. 청바지 입고 헌팅할 생각은 아니잖아? 그리고 네가 쓸 일은 없겠지만, 나이프 한 개는 들고 다녀야 마음이 든든하지. 얼른 갈아입고 차에 올라타."

은색 SUV 차량에 올라탄 나는 오랜만에 타본 자동차에 이상한 기분이 들었다.

몬스터 범람이 있기 전만 해도 자동차를 타는 일은 당연한 일이었지만 지금은 자동차를 탄다는 일이 매우 드문 때였기 때문이다.

*   *   *

사장의 차를 타고 간 곳은 예전 국채보상공원이 있던 자리였다.

대구의 중심부이기도 했던 곳이지만 옛날의 영광은 하나도 남아 있지 않고 철조망과 높은 시멘트 벽만이 그 자리를 대신 지키고 있었다.

"어이 다들 도착해 있었네. 보자 하나, 둘, 셋… 열, 다 왔네."

사장은 시멘트 벽의 입구에서 기다리고 있던 헌터들의 숫자를 세어보고는 그들에게 일일이 악수를 청했다.

"오늘도 잘 부탁한다."

"그런데 저기 새로 구했다는 신입이 저 사람이에요?"

"그래, 저번에 백 마리가 넘는 변종 멧돼지 잡는다고 피해가 막심했잖아. 그래서 정찰 능력 있는 사람 한 명 뽑았어."

D급 몬스터 서식지였지만 위험하지 않다는 것은 절대 아니었다.

가장 약한 몬스터라고 볼 수 있는 변종 멧돼지조차 일반인은 5명이 힘을 합쳐야 겨우 잡을 수 있었다.

"하긴 저번엔 진짜 죽는 줄 알았다고요. 정찰 능력자가 한 명 있긴 있어야겠어요. 근데 무슨 능력이에요? 천리안? 아니면 음파 계열?"

나는 지금이 나를 소개할 타이밍이라고 느꼈다.

은근히 나를 쳐다보는 회사 선임들에게 압박감을 느꼈기에 평소보다 큰 목소리로 소개를 했다.

"안녕하십니까. 이번에 이성 헌터 회사 취직한 신입 사원 추용택입니다. 능력은 은신 계열이고 등급은 D급입니다."

"오, 그래 환영한다."

최소 C급 이상의 능력자들이었고 기존 직원 중에 보조 계열 각성자 또한 아무도 없었기에 그들이 나를 바라보는 눈빛이 그렇게 좋지만은 않았다.

"차차 친해지기로 하고 일단 장비부터 정비하자."

그들은 각자의 품에서 무기를 꺼내거나 사장의 SUV 차량에서 자신의 무기를 챙겼다.

무기를 챙긴 그들은 자연스럽게 사장을 중심으로 원형으로 자리를 잡고 앉았다.

"자, 오늘의 목표는 저번에 우리가 처치한 변종 멧돼지보다 한 단계 높은 오크들이다."

헌터 인증 시험을 위해 필기 공부를 열심히 한 경력이 있었기에 몬스터 백과사전 정도는 달달 외울 수 있는 나였고 오늘의 목표인 오크에 대해서도 잘 알고 있었다.

'크기는 2m에서 큰 놈은 3m까지이고 힘은 성인 남성의 3배 정도에 무리를 지어 다니는 습성이 있기에 집단전에 능하다.'

이 정도였던가?

분명히 다른 정보가 더 있었는데 헌터 인증 시험을 친 지 겨우 3달도 지나지 않았지만 이미 많은 지식이 머릿속에서 사라졌다는 걸 알았다.

역시 체대생에게 공부는 무리인 건가.

"오크들이 무리지어서 다니기는 하지만 이번에 발견한 오크들은 소규모로 열 마리도 안 되는 숫자니까 크게 어렵지는 않을 거야."

사장이 브리핑을 시작하자 모두 눈과 귀를 그에게 집중했다.

언제 죽을지 모르는 몬스터 헌팅에서는 작은 실수 하나가 생사를 결정짓기 때문에 지금의 브리핑이 실수를 줄이기 위한 최고의 방법 중 하나라는 걸 헌터들은 이미 잘 알고 있었기 때문이다.

"그리고 용택아, 네가 가장 먼저 움직여야겠다. 도어를 통과하는 순간 오크의 위치와 숫자를 알아 와야 한다. 만약 열 마리 이상의 오크가 보이면 바로 몸을 빼야 된다."

"알겠습니다. 도망가는 건 자신 있습니다. 걱정하지 마세요."

100m 달리기를 12초 안에 끊는 나였기에 정찰 임무에 대한 부담감은 없었다.

"자, 그럼 모두 무기 챙기고 들어가자."

시멘트 벽 가운데 위치한 조그마한 쪽문을 통해 들어가자 여러 겹으로 감싸여 있는 타원 모양의 조형물이 보였다.

조형물은 10m가 넘는 크기였다.

눈앞에 보이는 조형물 안에 몬스터 도어가 있었다.

나는 떨리는 마음을 다잡고 한 걸음씩 조형물에 다가갔다.

가는 길목에 여러 번의 신분 확인 절차가 있었지만 이미 회사 사람들과 안면이 있는 사이인지 큰 방해 없이 통과했다.

"헌터 여러분, 다 도착하셨습니까? 곧바로 도어를 열도록 하겠습니다."

조형물이 움직이는 모습은 트랜스포머 로봇이 변신하는 것과 비슷했다.

첫 번째 조형물이 열리고 곧이어 두 번째, 세 번째 총 다섯 번의 과정이 지나서야 파란빛을 띠고 있는 몬스터 도어가 모습을 드러냈다.

"준비 끝났으면 들어가자."

몬스터 도어로 보이는 몬스터 월드는 아프리카의 초원과 크게 다르지 않았다.

스크린을 통해 보는 영화의 한 장면이 아닐까 하는 생각마저 들었다.

"뭐해, 용택아? 들어가자."

사장이 몬스터 도어에 정신이 팔린 나의 어깨를 쳤고 나는 사장의 뒤를 따라 몬스터 도어로 들어갔다. 단지 한 발자국만 움직이면 몬스터 월드라는 게 믿기지 않았지만 현실이었다.

타악.

몬스터 월드의 땅을 처음 밟아보았다.

지금껏 내가 밟아온 땅과 다를 바가 없었다.

신발을 통해 느껴지는 촉감은 그냥 땅이었다.

"몬스터 월드 땅은 뭐 밟으면 독이라도 올라올 줄 알았냐?"

내가 무슨 생각을 하는지 정확하게 알고 있는 사장이었다.

아마 그도 처음 몬스터 월드에 첫발을 디뎠을 때 나와 같은 생각을 하였던 게 분명하다.

그렇지 않다면 내 마음을 이렇게 정확히 알 수는 없는 일이었다.

"자, 우리는 안전 지역 설치하고 있을 테니까 용택이 너는 어서 움직여라. 우리에게 주어진 시간이 많지 않은 건 알고 있지?"

10시간의 시간이 지나면 자동으로 몬스터 도어는 닫히게 설계되어 있었다.

최소한의 안전장치였다.

몬스터의 범람으로 천문학적인 손해를 입었기에 이 정도

의 안전장치를 반대할 사람은 아무도 없었다. 고위 등급의 헌터들조차 말이다.

"네, 그럼 다녀오겠습니다."

나의 은신 능력은 1시간까지 펼칠 수 있었다.

조금 무리한다면 1시간 30분까지 가능하기도 하지만 그 후에는 정신을 잃고 쓰러지거나 기력이 하나도 남아 있지 않아 짐이 될 뿐이었다.

은신 능력으로 최고 등급까지 올라간 사람이 B급이라고 들었던 기억이 났다.

그는 자신이 입고 있는 옷은 물론 자신에게서 나는 소리까지 숨길 수 있는 능력이 있었다.

하지만 나는 간신히 내가 입고 있는 옷까지 은신할 수 있는 능력이 있었기에 D급이었다.

E급 은신 능력 각성자는 은신을 할 때 입고 있는 옷까지 다 벗어야 했다.

내가 그래도 D급 각성자인 게 정말 다행이지 않은가?

"그래, 조심하고 무슨 일이 있으면 바로 돌아와야 한다."

"걱정하지 마세요. 얼른 다녀오겠습니다."

이미 모습을 감춘 뒤였지만 사장은 내가 있을 법한 위치에 손을 흔들어주었다.

나는 사장이 알려준 정보를 토대로 도어 북동 방향으로 움직였다.

"이 방향으로 20분 정도 가면 오크가 보인다고 했지?"

10여 분 동안 빠른 걸음으로 탐색을 했지만, 오크는 고사하고 변종 멧돼지 한 마리도 보이지 않았다.

그때였다.

으걱으걱.

단단한 뼈가 이빨에 으깨지는 소리가 들려왔다.

세 마리의 오크가 변종 멧돼지의 다리 한 개씩을 들고 먹고 있는 중이었다.

피가 뚝뚝 떨어지는 멧돼지의 다리를 살과 뼈를 동시에 씹고 있는 오크의 모습에 심장이 벌렁거려 하마터면 은신이 풀릴 뻔했다.

'지금 보이는 오크는 세 마리뿐이지만 더 있을 수도 있으니까 주변을 좀 더 둘러보자.'

세 마리의 오크가 식사하고 있는 지점을 중심으로 10분 동안 탐색을 했지만 다른 오크의 모습은 보이지 않았다.

더는 탐색의 필요성을 느끼지 못했고 곧장 동료들이 기다리고 있는 안전 지역으로 돌아갔다.

식사를 마친 오크들이 다른 곳으로 가기 전에 빨리 오크 헌팅을 해야 했기에 내 발걸음은 올 때와 달리 매우 빠르게 움직였다.

"사장님, 오크를 발견했습니다."

급하게 뛰어온 덕분인지 내 가슴은 급하게 오르락내리락 거렸고 목소리도 평소보다 거칠었지만, 그것은 중요하지 않았다.

"몇 마리나 있는데?"

"제가 발견한 오크는 세 마리입니다. 멧돼지를 먹고 있었습니다. 그 오크들 주변을 탐색했지만 다른 오크들은 보이지 않았습니다."

"그래? 무리에서 벗어나 사냥 중인 녀석들이었나 보군. 자, 우리도 움직이자."

회사 사장을 비롯해서 전 직원이 오크 헌팅을 위해 자리에서 일어나 내가 가리킨 방향으로 움직였다.

나 또한 후방 지원 업무를 위해 그들의 뒤를 따랐다.

제2장
운수 좋은 날

전투는 손쉽게 끝이 났다.

땅에서 솟아오른 손들이 오크들을 붙잡았고, 허우적거리는 오크들에게 물의 창이 날아와 놈들의 몸에 박혔다.

다른 사람들이 날카로운 무기를 준비할 동안 수통 하나만들고 왔던 사내는 수통의 따개를 열어 물의 창을 만들었고, 속박당한 오크의 몸을 향해 손가락을 움직이자 물의 창은 오크의 몸에 깊이 박혔다.

하지만 오크들은 그 정도의 공격으로 목숨을 다할 정도로 연약하지 않았기에 거세게 반항했다. 얼마나 강하게 발버둥 쳤던지 땅의 속박이 풀려 버릴 정도였다.

그런 오크들을 마무리 지은 건 사장이었다.

두 자루의 검을 꺼낸 그는 오크에게 달려갔다.

그의 검이 오크의 몸을 베어낼 때 고기 타는 냄새가 함께 났다.

사장의 검에는 불의 힘이 스며 있던 건지 피조차 흐르지 않고 갈라지는 오크의 몸이었다.

더는 움직임이 없는 오크를 바라보는 나는 조금은 허망하기까지 했다.

"끝난 거 같은데? 마정석 추출조, 일 시작하지?"

"네, 알겠습니다."

나보다 더 뒤에서 있던 두 명의 사내는 이미 숨을 거둔 오크들에게 다가가 심장에 손을 가져다 대었다.

그들의 손에서 초록색 빛이 피어올랐고 오크의 뼈와 살을 뚫고 마정석이 스멀스멀 기어 나왔다.

"음, 이 정도면 그래도 오늘 우리 밥값은 되지 않을까? 오늘은 신입도 왔고 하니 이 정도로 사냥을 마치는 게 좋지 않겠어?"

아무리 쉬운 사냥이라도 목숨을 걸고 한 사냥이다. 아무래도 긴장감에 쉽게 피곤해지게 마련이었다.

그랬기에 사장의 사냥 종료 선언에 아무도 토를 달지 않았다.

2시간도 되지 않아 몬스터 도어를 통해 돌아온 우리의 모습에 몬스터 도어 관리자는 반갑게 맞이했다.

"오늘은 사냥이 빨리 끝나셨네요. 저번 주에는 시간이 다 돼서야 돌아오셨는데. 오늘 수확은 괜찮은 편이십니까?"

"확실히 백 마리의 변종 멧돼지 잡는 것보다 한 마리의 오크를 잡는 게 나은 것 같아. 저번에는 마정석이라고는 구경도 못 했거든. 그냥 피나 보고 왔지."

사장은 오크의 심장에서 튀어나온 마정석 3개를 관리자에게 건넸다.

관리자는 한편에 마련되어 있는 마정석 등급 측정기에 그 마정석들을 집어넣었고 결과를 확인했다. 그러고는 곧장 돈을 꺼내 사장에게 주었다.

"세금 20%를 제한 금액입니다."

"그래 고마워. 우린 이만 가볼게."

돈을 받고 곧장 차량이 있는 시멘트 벽 밖으로 빠져나온 우리는 사장의 손에 들린 돈을 힐끗힐끗 쳐다보았다.

"자, 이제 정산해야지. 일단 내가 30% 가지고 나머지는 등급별로 나누어서 줄게."

전투조부터 마정석 추출조까지 모두 돈이 돌아가고 난 뒤에야 나는 사장을 마주 볼 수 있었다.

"용택이 너도 오늘 수고 많았다. 그렇게 많은 돈은 아니지만, 가족이랑 고기 사 먹을 정도는 될 거다."

내가 받은 돈은 200만 원 남짓이었다.

삼겹살 한 근이 50만 원이 하는 미친 물가에 오늘 동생들에게 고기를 사 먹이면 내일부터 굶어야 하는 돈일 뿐이었지만 오랜만에 만지는 돈이었기에 감사한 마음이 들었다.

"다음 사냥은 삼 일 뒤로 하고 싶은데 다들 괜찮아?"

오늘 사냥은 매우 손쉬운 편이었기에 사장은 평소보다 빠른 주기로 몬스터 사냥을 할 것을 제안했고 다들 큰 불만이 없었기에 3일 뒤로 일정이 잡혔다.

"용택이 너는 내가 집까지 데려다줄게. 차에 타."

자동차는 얼마나 편한 것이었던가.

평소 뚜벅이의 인생을 살아왔던 나는 차가 얼마나 좋은 것인지 다시 한 번 느낄 수 있었다.

아마 여기서 집까지 걸어갔다면 3시간은 넘게 걸렸을 것이다.

나는 그리 오랜 시간이 걸리지 않아 집 근처에 도착할 수 있었다.

"감사합니다, 사장님. 그럼 삼 일 후에 뵙도록 하겠습니다."

"그래 삼 일 뒤에 회사로 와. 이번처럼 데리고 가줄 테니까."

"네 알겠습니다. 그럼 몸 건강하세요."

"그래, 그래, 어서 가봐."

집에 가는 길에 동생들에게 사 먹일 음식을 사기 위해 마트에 들렀다.

몬스터 범람 이전에 마트는 많은 사람이 북적이며 친절한 직원들이 손님들을 맞이했다면 지금은 총을 든 경찰들이 마트 곳곳을 지키고 서 손님들을 맞이했다.

배고픔에 허덕이는 사람들이 강도나 도둑으로 돌변하여 마트에 침입했기 때문이다.

마트에서 가장 싼 돼지고기 앞다리 살 조금과 쌀 10㎏, 몇 가지의 반찬을 사니 수중에 남은 돈은 50만 원 정도였다.

"애들아! 형 왔다."

내 두 손에 봉지가 한가득 들려 있었기에 동생들은 평소보다 밝은 미소로 나를 반겼다.

아니, 내 손에 들려 있는 봉지를 반겼다.

"형, 뭐 사 왔어? 고기도 사 왔어?"

"기다려 봐. 오늘은 쌀밥에 고기 먹자."

"우와 쌀밥이다!"

"고기도 있대!"

한창 자랄 나이의 아이들이었기에 언제나 음식은 부족했다.

배부르게 음식을 먹은 지가 1년은 넘었기에 오늘만큼은 배불리 먹이고 싶었다.

나까지 포함해서 6명의 사람이 먹는 식사였지만 10인분이 넘는 양의 밥을 지었다.

10인분의 밥 정도는 되어야 동생들이 배부르게 밥을 먹을 수 있을 거 같았기 때문이다.

　하지만 10인분의 밥은 몇 번의 숟가락질만으로 사라지고 없었다.

　"형, 밥 더 없어?"

　"갑자기 너무 많이 먹으면 배탈 나. 배탈 나서 먹은 거 도로 토해내는 것보다는 조금 부족하게 먹는 게 나아."

　"이잉, 그래도 좀 더 먹고 싶은데."

　오랜만에 맛보는 쌀이었기에 가장 왜소한 소은이마저 숟가락을 빨고 있었다.

　"오빠, 고맙습니다."

　이제 9살밖에 되지 않은 소은이었지만 동생 중에 가장 철이 들었다.

　처음 태권도장에서 소은이를 봤을 때도 초등학교를 입학하기 전이었는데 어른 못지않게 마음이 깊은 아이였다.

　"아니야. 너희가 배부르게 먹으면 내가 좋지."

　"형, 형, 오늘은 내가 설거지할게."

　7살로 가장 막내인 형식이가 부른 배를 두드리다 말고 손을 들어 일을 자청했다.

　"오, 웬일이야, 형식이가 설거지를 다 하겠다고 하고? 내일은 해가 서쪽에서 뜨겠는데?"

"나도 이제 설거지 정도는 할 수 있다고."

"그럼 오늘은 형식이가 설거지하는 걸로. 나머지는 어서 공부할 준비 해."

이미 학교란 존재는 여유 있는 자들의 자식들만이 갈 수 있는 곳이 되었기에 동생들이 교육을 받을 기회는 없었다.

그랬기에 부족한 머리였지만 애들의 교육을 직접 하고 있었다.

"오늘은 공부 안 하고 밖에서 숨바꼭질하면 안 돼?"

"어제도 숨바꼭질했잖아. 오늘은 무조건 공부해야 해."

"히잉, 알았어."

달그락 달그락.

여러 명의 아이가 분주하게 움직였다.

각자 자리를 만들어 수업 준비를 하는 것이었다.

그때 귀를 울리는 소리가 들렸다.

쨍그랑.

얼른 고개를 돌려 소리가 난 곳을 찾았다.

"형식아, 괜찮아? 안 다쳤어?"

"응… 난 괜찮은데 접시가 깨졌어."

"괜찮아, 접시는 많은데 뭐. 걱정하지 마. 위험하니까 가만히 있어. 형이 치울게."

형식이의 발 주변으로 접시 조각들이 위험하게 널브러져

있었다.

나는 큰 조각들을 손으로 집어 들었다.

"아야."

생각보다 접시 조각이 날카로웠고 손가락에서 피가 흘렀다.

"형, 괜찮아?"

"응, 아무 일도 아니야."

나는 손가락을 습관처럼 입안으로 집어넣고는 조각들을 마저 쓸어내었다.

'접시들은 지하실에 널리고 널렸으니까.'

할아버지 대부터 시작되어온 골동품 수집이었기에 꽤 많은 양의 골동품이 지하실에 있었고 그 대부분이 도자기나 그릇 종류였다.

몬스터 범람이 있기 전까지만 해도 돈이 나가는 물건들이었을지 모르지만, 지금은 밥 먹는 데 쓰이는 용도 정도의 가치일 뿐이었다.

'여기 어딘가에 밥그릇 비슷한 게 있었는데.'

지하실을 여러 번 와본 경험이 있었기에 어느 정도 물건의 종류와 위치를 알고는 있었지만, 애당초 미로 같은 지하실이었기에 쉽지 않았다.

"아, 여기 있구나."

지하실 왼쪽 구석에 있는 선반에서 그릇을 발견했다.

"진짜 이건 밥그릇 하기 딱 좋게 생겼네."

선반의 문을 열고 그릇을 꺼내었다.

"응? 이건 뭐지?"

어렸을 때부터 몇십 번이나 와본 지하실이었기에 내가 모르는 물건은 없다고 자부했지만 그릇 뒤에 있는 물건은 본 적이 없었다.

피에로의 눈물 같다고 해야 할까?

붉은색을 띤 보석과도 같은 모습의 유리구슬이었다.

"이건 팔면 돈이 좀 되려나?"

다른 물건들은 그 가치를 잃었지만 아직 소수의 사람이 보석 종류를 모았기에 보석은 가치에 따라 어느 정도의 돈을 받을 수 있었다.

나는 붉은색 유리구슬을 꺼내기 위해 손을 가져다 대었다.

보석을 꺼내자 보석이 내 생각보다 좀 더 값어치가 나갈 것 같았다.

태어나서 처음 보는 광채의 보석이었고 이런 광채를 띠는 보석이 싸구려일 리는 없었다.

나도 모르게 손에 힘이 들어갔던지 아까 베인 손가락에서 피가 새어 나왔고 보석에 묻었다.

"이런, 안 되지. 괜히 값어치 떨어질라."

급히 보석에 묻은 피를 옷으로 닦아내려고 했지만 그러지 못했다.

갑자기 온몸에서 기력이 빠져나가는 것이 느껴졌다.

흡사 은신을 2시간 정도는 했을 때의 기분이었다.

가장 먼저 다리에 힘이 풀렸고 손과 발조차 내 마음대로 움직이지 못했다.

하지만 신기하게도 보석을 든 손가락만은 굳은 석상처럼 보석을 꽉 쥐고 있었다.

'아, 왜 이렇게 기운이 없지? 애들 수업 시작해야 되는데… 이렇게 있으면 애들이 걱정할 텐데……'

동생들의 걱정을 하면서 정신을 잃었다.

이게 내 마지막 기억이었다.

*   *   *

몬스터 범람이 있고 얼마 후 나는 체대생이라는 자신감 때문에 겁 없이 몬스터와 대적한 적이 있다.

물론 죽기 직전까지 몬스터에게 얻어맞았다.

다행히 근처를 순찰하던 군인들이 나를 공격하는 몬스터를 발견하고 처리해 주지 않았더라면 난 그때 몬스터의 뱃속으로 사라졌을 것이다.

온몸이 부서지는 듯한 고통은 정말 참기 힘들었다.

차라리 죽고 싶을 정도의 고통이었고 그런 나를 이송하던 의무관이 모르핀 투여를 지시했다.

천장과 바닥이 뒤집히고 고통은 사라졌다.

아니, 몸의 모든 감각이 사라진 듯한 느낌이었다.

지금의 몸 상태는 그때와 같았다.

"형, 괜찮아?"

나를 걱정스레 쳐다보는 다섯 쌍의 눈동자들, 그들의 눈가에는 눈물이 한가득 고여 있었다.

이미 가족을 잃은 경험이 있고, 더는 사랑하는 사람을 잃고 싶지 않아 하는 동생들이었기에 나를 걱정하는 마음이 온전히 느껴졌다.

"내가 몇 시간이나 이러고 있었던 거야?"

"세 시간 정도 쓰러져 있었어. 수업 시간이 시작되었는데 형이 안 보여서 찾아다니다가 지하실에서 쓰러져 있는 걸 소은이가 발견했어."

"그랬니? 형은 괜찮아. 잠시 피곤해서 지하실에서 잠든 거뿐이야. 걱정하지 마."

"형, 내가 얼마나 걱정했는지 알아?"

형식이의 눈에서 기어코 한 방울의 눈물이 떨어졌다.

앞으로는 눈물 흘리지 않게 하겠다는 나의 약속이 벌써 깨지고 말았다.

"눈물 뚝. 잠시 피곤해서 눈 붙였던 거야. 울지 마."

"아프지 마, 형아."

"아픈 거 아냐. 진짜 피곤했던 거야. 자 오늘은 형이 피곤해서 수업은 못 하겠네. 다들 숨바꼭질하고 놀아."

"진짜? 알았어."

아직은 어린 아이들이었기에 수업이 없다는 말 한 마디에 금방 웃음을 되찾았다.

모든 아이들이 집 밖으로 뛰쳐나가 술래를 정하고 있을 때 소은이만이 내 옆을 지키고 앉아 있었다.

"오빠, 정말 괜찮은 거야?"

나는 그런 소은이의 머리를 쓰다듬어 주었다.

"걱정하지 마. 진짜 피곤해서 잠시 잠들었던 거니까."

소은이의 머리를 쓰다듬기 위해 들어 올린 손마저 파들파들 떨리고 있었지만, 손을 내리지는 않았다.

3일 동안 어느 정도 기력을 되찾은 나는 동생들의 굶주린 배를 채우기 위해 회사로 출근했다.

첫날보다는 약간 늦은 시간이었지만 집합 시간보다는 1시간이나 빠르게 도착하였다.

"여~ 용택이 왔냐."

소파에 불량한 자세로 앉아 자신의 두 자루의 칼을 손질하고 있던 사장은 나를 보고 손을 흔들었다. 칼을 든 채로 말이다.

"사장님, 안녕하십니까. 김 비서님도 오랜만에 뵙습니다."

"오랜만은요. 3일 전에도 봤는걸요."

"용택이 너 얼굴이 좀 창백하다. 무슨 일이라도 있어?"

"사장님이 보너스를 두둑이 챙겨준 덕분에 오래간만에 과식해서 그런가 봅니다."

"뭘 그렇게 많이 먹었기에 그러냐. 사냥하는 데는 문제 없겠어?"

"네, 걱정하지 마세요. 최상의 컨디션입니다."

"그래? 그럼 다행이고. 자, 너도 왔으니 슬슬 출발해 볼까?"

사장은 두 자루의 칼을 자신의 벨트에 채워 넣고는 자리에서 일어났다.

"오늘도 국채보상공원 쪽으로 가는 겁니까?"

"웅, 그렇지. 소규모 오크 사냥하는 곳으로 거기보다 좋은 곳은 없거든."

각성자들은 초기 각성했을 때 받은 등급을 노력 여하에 따라 올릴 수 있었다.

수련과 명상도 좋은 방법이기는 하지만 가장 좋은 방법은 꾸준한 몬스터의 사냥이었다.

D급 사냥터에서 어느 정도 사냥을 하면 대부분의 헌터들이 한 단계 높은 능력치를 가지게 되었고, 그렇게 되면 더 높은 등급의 사냥터를 목표로 회사를 옮기거나 공무원이 되기 위해 노력했다.

하지만 항상 등급별 인원은 일정했다.

높은 등급 사냥터로 자리를 옮길수록 목숨이 위협받는 일이 더 많았기 때문이다.

B급 능력자이면서 D급 사냥터에서 자신보다 단계가 낮은 헌터들과 사냥하러 다니는 사장은 특수한 경우라고 볼 수 있었다.

C급 사냥터만 가더라도 거기서 얻는 마정석의 가격은 오크의 마정석의 몇십 배의 가치를 가지기 때문에 등급이 높은 헌터들은 D급 사냥터를 처다보지도 않았다.

"뭐 해, 안 내리고?"

생각을 너무 깊게 했던지 이미 멈춰선 차 안에서 내리지 않고 있던 나를 사장이 불렀다.

"지금 내리려고 했습니다!"

전과 같이 총 8명의 헌터가 우리를 기다리고 있었다.

저번 전투를 통해 우리 헌터 회사 직원들의 능력을 대충은 알게 되었다.

전투조가 사장을 포함해서 6명, 추출조가 2명, 안전 지역을 설정하는 사람이 1명, 그리고 정찰조인 나.

가장 많은 배당을 받는 사람은 당연히 가장 높은 등급과 공격력을 가지고 있는 사장이었고 그다음으로는 전투조, 추출조 순이었다.

"오늘은 저번보다는 조금 크게 사냥을 해보는 게 어떻겠어? 솔직히 저번은 너무 아쉽지 않았어?"

"맞습니다. 오크 세 마리는 간에 기별도 안 차는걸요. 최소 열 마리는 되어야 사냥 좀 했다고 할 만하죠."

"그래서 말이야, 오늘은 저번보다 조금 깊게 정찰하는 게 어떻겠어?"

사장은 나를 보고 말을 꺼내었고 나는 냉큼 대답했다.

"알겠습니다. 제가 이번에는 오크가 최소 다섯 마리는 있는 곳을 찾아내겠습니다."

"오케이. 그럼 슬슬 가볼까?"

다시금 밟은 몬스터의 땅.

처음과 달리 설레지는 않았지만, 여전히 긴장감에 심장이 두근거렸다.

"그럼 저는 바로 몬스터 정찰하러 가보겠습니다."

"그래, 고생하고. 안전이 제일인 거 알지?"

"네, 알고 있습니다. 걱정하지 마세요."

나는 저번 사냥에서 세 마리의 오크가 식사하고 있던 방향으로 몸을 날렸다.

1시간이 넘게 탐색을 한 뒤에야 오크의 발자국을 찾을 수 있었다.

"이 정도 발자국 숫자면 다섯 마리는 넘을 거 같은데."

내 예상은 틀리지 않았다.

일곱 마리의 오크들이 사냥감을 찾아 눈을 두리번거리고

있었다.

그들에게 발각되기 전 바로 안전 지역에서 나를 기다리고 있는 헌터들에게 가야 했다.

오크들에게서 어느 정도 벗어나자 은신마저 풀고 직장 동료들이 있는 곳으로 달려갔다.

"사장님, 오크 일곱 마리 발견했습니다."

"오, 일곱 마리. 괜찮은 숫자인데?"

나의 보고를 듣고 있던 다른 헌터들도 자신의 무기를 들쳐메고는 자리에서 일어났다.

"여기서 한 시간 거리입니다. 저번 오크 사냥한 곳에서 그렇게 멀지 않습니다."

"오케이. 출발하자."

사장을 중심으로 다이아몬드 모양과 같은 진형으로 우리는 움직였고 오크들을 발견하기 전까진 이 진형을 유지했다.

"오, 진짜 딱 일곱 마리가 있네. 어때? 정찰조 뽑기를 잘했지?"

이전에는 정찰조 없이 진형을 유지하며 보이는 사냥감만을 사냥했던 터라 이리저리 헤매기 일쑤였지만 지금은 목표물의 위치를 알고 길을 갔기에 시간도 단축되었을 뿐만 아니라 사냥 계획도 목표에 맞게 설정할 수 있었기에 훨씬 수월했다.

"사장님 말씀은 무조건 옳죠. 곧장 땅의 속박 들어갑니다."

프로 레슬링 선수라고 해도 무방한 몸을 가진 사내가 땅바닥에 두 손을 가져다 대자 오크들의 발밑에 흙으로 만들어진 손들이 튀어나와 그들의 발을 묶기 시작했다.

크에엑!

오크들은 갑자기 땅에서 무언가가 자신의 발목을 잡자 놀라서 허둥거렸다.

"물의 창도 날아가야지."

사냥 중 한 번도 말을 꺼내지 않은 과묵한 사내는 수통을 꺼내 물의 창을 만들어냈다.

그의 손짓에 물의 창은 오크들의 가슴팍에 정확히 꽂혔다.

"나머지 인원들은 나를 엄호해 줘."

그대로 4명의 전투조가 투입되었다.

사장은 우리와 가장 가까이에 서 있는 오크에게 돌진했고, 단 두 번의 칼질로 오크의 숨결을 빼앗았다.

사장을 제외한 3명의 전투조는 사장의 뒤에서 다른 오크들의 공격을 방어하며 시간을 끌었다.

갈색 머리의 사내가 오크의 몽둥이를 공기 방패를 만들어 막아냈고, 사장은 그 틈을 놓치지 않고 오크의 목을 베어냈다.

일곱 마리의 오크를 사냥하는 데 걸린 시간은 30분 남짓이었지만 사장을 제외한 전투조들의 얼굴은 피곤한 기색이 역력했다.

그런 그들의 모습을 보면서도 나는 오늘도 동생들을 배불리 먹일 생각에 절로 웃음이 나왔다.

　"조심해, 용택아!"

　나는 나를 부르는 사장의 목소리에 뒤를 돌아보았다.

　야구 방망이 3배는 될 법한 몽둥이가 내 머리 위를 노리고 날아왔다.

　"크윽!"

　급하게 피한다고 피했지만, 몽둥이는 내 왼발에 스쳤고 극심한 고통이 찾아왔다.

　나를 향해 달려오는 여러 개의 발걸음 소리가 들렸지만, 지금의 위험을 해결해 주기에는 거리가 너무 멀었다.

　내 눈앞에 보이는 초록색 다리는 기둥과도 같아 보였다.

　무엇을 해야 될까?

　무슨 짓을 하더라도 내가 살아남기는 힘들다는 걸 나는 본능적으로 느꼈지만, 얌전히 앉아서 죽고 싶지 않았기에 오른손에 들려 있는 나이프로 초록색 다리를 찔렀다.

　"크아아앙!"

　미세한 상처를 남겼지만, 오크는 이 작은 상처마저도 참지 못하는 듯 나에게 몽둥이질을 하려고 했다.

　'이렇게 죽으나 저렇게 죽으나.'

　이미 내 손에 들려 있던 나이프는 딱딱한 오크의 다리에 생채기를 남기는 것을 끝으로 어딘가로 날아가 버린 후였기에 내가 할 수 있는 공격은 없었다.

아니, 어릴 때부터 건치로 유명했던 이빨은 남아 있었다.

나는 오크의 다리에 매달려 작은 생체기가 난 곳에 이빨을 박았다.

오크의 가죽이 얼마나 단단하던지 온 힘을 다해 깨물었지만 겨우 약간의 이빨이 오크의 가죽을 뚫었다.

'이렇게 죽는 건가?'

오크는 자신의 발을 물고 있는 나를 떼어내기 위해 발을 위아래로 움직였지만 나는 죽을힘을 다해 매달려 있었다.

이것만이 내가 살길이라는 걸 알았기에.

오크의 움직임이 점점 약해지고 있다는 게 느껴졌다.

두 손에 힘을 가득 주어서야 매달릴 수 있던 게 한 손으로도 충분히 매달릴 수 있을 정도가 되었다.

쿵.

오크가 쓰러졌고 곧이어 사장의 칼이 오크의 목을 베었다.

"용택아, 괜찮아?"

"네, 괜찮습니다."

내 입가에는 오크의 초록색 피가 뚝뚝 떨어지고 있었고 그런 모습이 흉측했기에 사장은 자신이 메고 있던 가방에서 수건 한 장을 꺼내 내밀었다.

"미친놈. 어떻게 오크를 물 생각을 하냐. 피나 닦아."

"흐흐… 감사합니다."

"웃기는… 너 진짜 죽을 뻔했어. 그리고 이거 먹어. 오크의 피에는 미약하지만 독성분이 들어 있다고. 약 안 먹으면 너 며칠은 배탈로 고생할걸."

"감사합니다."

나는 사장이 내민 약을 덥석 받아먹었다.

공짜로 주는 약을 마다할 내가 아니었다.

"그래도 용택이 덕분에 추출조가 안 다쳐서 다행이다."

사장은 나에게 약을 먹인 후 오크에게 몽둥이찜질을 당한 내 왼쪽 다리를 봐주었다.

"아까 봤을 때는 크게 맞은 것 같았는데 그런 건 아닌가 보네. 그냥 며칠 쉬면 다 낫겠다."

"제가 어렸을 때부터 맷집 하나만은 좋았습니다."

"그래 보이네. 그래도 집에 가서 푹 쉬어. 오늘은 특별히 배당금 더 넣어줄 테니까. 고기도 먹고. 그래야 피가 보충되지."

"네, 거듭 감사합니다. 사장님."

사장의 말이 거짓이 아니었던지 그날 내 몫으로 떨어진 돈이 600만 원이었다.

저번과 같은 배당금이었으면 530만 원 남짓의 돈을 받아야 했지만, 사장이 자신의 몫에서 얼마를 나에게 떼 주어서 600만 원을 받게 된 것이다.

"오늘은 고기 파티다, 동생들아!"

　　　　　＊　　　　＊　　　　＊

　오크의 몽둥이가 스친 다리에서는 이미 통증이 느껴지지 않았다.

　분명 그때 다리에서 엄청난 통증이 느껴졌었지만 좋은 게 좋은 거라고 금방 머릿속에서 지워 버렸다.

　"동생들아, 형님 오셨다. 다들 나와서 이것 좀 받아."

　"형 왔어요? 우와 뭘 이렇게 많이 사 왔어?"

　"이것 봐봐. 여기 고기가 한가득이야."

　"내가 좋아하는 삼겹살이다. 형, 최고!"

　"고생하셨어요, 오빠."

　동생들의 격한 반응에 나는 몬스터 사냥에서 받은 스트레스를 확 날릴 수 있었다.

　역시 이 맛에 사냥하는 거지.

　일전의 경험이 있었기에 오늘은 15인분의 쌀을 지었고 쌀이 익어가는 동안 아이들은 숟가락을 입에 넣고 입맛만 다시고 있었다.

　"자, 이제 밥 다 됐다. 밥 먹자."

　요리라고 해봐야 불판 위에서 구워지는 고기와 흰 쌀밥뿐이었지만 모두 즐거운 마음으로 고기를 집어 들었다.

　"천천히 먹어. 오늘은 밥도 많이 했어."

내 말은 귀에도 들리지 않는 듯 전투적으로 밥을 먹는 동생들이었다.

15인분의 밥이라고 할지라도 동생들의 허기짐을 다 달래지는 못하는 듯 밥솥 밑바닥까지 싹싹 긁고 나서도 숟가락을 빨고 있었다.

"너무 많이 먹으면 배탈 난다고 그랬지? 자 이제 숟가락 내려놓자. 오늘은 내가 설거지할게."

오늘은 고기를 굽는 돌판도 있었고, 아직 어린아이들에게 설거지를 시키기에는 무리가 있는 무게였기에 설거지를 자청했다.

"응? 별로 안 무겁네?"

6명의 나름 대식구인 우리 식구들이 한 번에 고기를 구울 수 있을 정도의 돌판이었지만 전혀 무겁게 느껴지지 않았다.

"역시 고기를 먹어서 그런가? 몸에서 힘이 나네."

설거지를 하기 위해 우물가에서 물을 받아 돌판에 뿌리고는 철 수세미로 돌판을 문지르기 시작했다.

빠각!

"뭐야! 돌판이 왜 부러지고 난리야?"

단단해 보이던 돌판이 생각보다 약한 재질이었던지 몇 번의 문지름만으로 부서지고 말았다.

"아! 이 정도 사이즈 돌판 구하는 거 쉽지 않은데. 내일 뒷산 한번 둘러봐야겠네."

부서진 돌판을 한곳에 치우기 위해 돌판을 들고 가볍게 옆으로 던졌다.

쾅!

가볍게 던진 돌판이 벽 사이에 처박혀 버렸다.

"아니, 오늘 왜 이러지?"

두 번이나 연속으로 이상한 일이 생기자 의심이 생겼다.

"내 힘이 강해진 건가?"

내 힘이 강해질 이유는 하나도 없었다.

전투를 통해 능력이 소폭 상승한다고는 해도 나의 능력은 은신이었기에 은신이 아니라 힘이 상승할 리가 없었다.

그래도 혹시나 싶어 집에서 조금 떨어진 뒷산으로 가서 꽤 깊이 박혀 있는 바위를 들어 올려보기로 했다.

아이들은 내가 어딜 나가는지 궁금해했지만, 잠깐 산책을 갔다 온다는 말에 좋다고 자기들끼리 놀기 시작했다.

난 그들을 뒤로하고 뒷산에 올라 적당히 바닥에 박혀 있는 바위로 손을 뻗었다.

"으차!"

바위는 너무나 손쉽게 들어 올려졌다.

내 몸뚱어리만 한 바위가 어렵지 않게 들어 올려졌다.

"대체 내 몸에 무슨 일이 생긴 거지?"

나는 바위를 내려놓고 몸을 살펴보았다.

평소와 다른 모습은 하나도 없었다.

고민은 내가 집으로 돌아와서 잠들기 전까지 계속되었지만 이유를 찾을 수가 없었다.

새벽 2시가 넘은 시간, 동생들은 모두 꿈속으로 빠져들었고 나 또한 꿈을 꾸고 있었다.

그런데 그 꿈은 뱀파이어로 변한 내가 몬스터를 산 채로 잡아먹는 꿈이었다.

"허억, 허억."

이게 무슨 개 같은 꿈인가?

갑작스레 한 장면이 뇌리를 스쳤다.

"오빠, 왜 안 자고 있어요?"

나의 거친 숨소리에 잠에서 깬 듯 소은이가 눈을 비비며 나에게 물었다.

"소은아, 혹시 나 쓰러졌을 때 붉은 보석 한 개 못 봤니?"

"보석요? 무슨 보석 말씀이세요? 오빠 쓰러졌을 때 돌멩이 비슷한 것도 못 봤어요."

내가 이런 꿈을 꾸는 이유를 찾아야 했다.

나는 그대로 아버지가 골동품에 대해 적은 노트를 찾아 지하실로 향했다.

"분명 노트를 지하실 어딘가에 두셨을 텐데."

아버지는 골동품을 모으실 때마다 골동품에 관한 내용을 상세하게 적어두셨고, 나는 그 모습을 어릴 때부터 지켜봤다.

"역시 여기 있구나."

노트는 지하실 문 입구 옆에 있는 선반 두 번째 서랍 안에 고스란히 들어 있었다.

나는 사전보다 두꺼운 노트를 열어 붉은 보석에 관한 내용을 찾았다.

얼마의 시간이 지났을까, 마침내 내가 찾고자 하던 내용을 찾을 수 있었다.

[뱀파이어의 순혈]

─뱀파이어 탄압의 역사는 모든 나라에 조금씩 존재한다.

많은 이가 뱀파이어 또한 허구의 존재라고 생각하지만 분명 뱀파이어는 있다.

무수히 많은 역사서에 뱀파이어에 대한 조각들이 존재한다.

그중 이 보석은 뱀파이어의 순혈이라고 불리며 마지막 남은 뱀파이어 왕의 심장에서 흐른 피가 모여 만들어진 보석이라고 알려져 있다.

나는 이 뱀파이어의 순혈을 얻기 위해 루마니아 암매상을 수소문하여 구하였다.

이 보석을 사기 위해 집을 팔아 전세로 옮겼지만 더한 가치가 있을 것이 분명하다.

아버지가 남긴 글을 보고 있으니 아버지에 대한 그리움이 복받쳐 올라 두 눈에서 자꾸 눈물이 흘렀다.

"그래서 내가 뱀파이어의 순혈을 흡수했다는 거야?"

내가 알고 있는 뱀파이어에 대한 지식은 피를 탐하고, 태양과 십자가, 그리고 마늘을 싫어한다는 것 정도였다.

나는 얼른 부엌으로 가서 몇 쪽 남지 않은 마늘 하나를 입에 집어넣었다.

"아무렇지도 않은데?"

다음으로 실험할 것은 십자가였다.

나는 쇠젓가락 두 개를 십자 모양으로 만들고 지켜보았다.

"이것도 아무렇지 않은데?"

나는 부엌에 아무렇게나 걸터앉은 후 생각을 하기 시작했다.

내가 정말 뱀파이어의 순혈을 흡수했다면? 그래서 지금 이유를 알 수 없는 힘을 가지게 되었다면?

나는 부엌에 있는 통짜 쇠로 되어 있는 두꺼운 냄비를 집어들었다.

손에 조금의 힘만을 주었을 뿐인데 냄비는 반으로 접혔다.

오히려 고민은 더 깊어졌지만 같이 상의할 사람은 없었기에 답답함만이 커졌다.

'분명 어제 내가 오크의 다리를 물어뜯었지.'

그래서 내가 오크의 힘을 흡수하게 된 건가?

만약 그렇다면 다른 몬스터를 물어뜯으면 다른 힘도 생기게 되는 건가?

답은 나오지 않았다.

만약 내가 오크의 힘을 흡수하게 되었다면 힘의 강도가 어느 정도인지 정확하게 측정할 필요가 있었다.

신체 강화 능력은 헌터의 등급을 올리는 데 중요한 요소 중의 하나였기 때문이다.

나는 상상을 해보았다.

내가 공무원이 되는 것을.

나라에서 주는 녹봉을 받으며 동생들이 원하는 공부를 시켜주고, 헌팅을 쉬는 날에는 다 같이 배부르고 등 따시게 집에서 누워 있는 상상을.

'그래, 내가 흡수한 게 정말 뱀파이어의 순혈이라면 이것은 좋은 기회일 게 분명해.'

불쌍한 나와 동생들의 미래를 걱정한 하늘이 주신 마지막 선물. 아버지가 내게 남겨주신 유용한 유품.

나는 드디어 어느 정도 생각을 정리할 수 있었다.

깊게 고민해 봐야 답은 나오지 않았고 현재로써는 단순하게 생각하는 게 가장 좋은 방법 같았다.

'일단 내일 헌터 능력 측정소에 한번 가봐야겠어.'

마음을 정리하자 잠이 쏟아져 왔다.

이미 방 안에서 엉켜서 자고 있는 동생들을 비집고 들어가서 몸 하나 누일 공간을 찾아내 누웠다.

악몽이 다시 나를 찾아올까 봐 약간은 두려웠지만 무거운 눈꺼풀이 그 걱정을 말끔히 해결해 줬다.

* * *

나는 동생들의 아침밥을 차려준 뒤 곧장 헌터 능력 시험장으로 향했다.

모든 각성자는 자신의 능력을 정확히 알기 위해, 혹은 자신의 능력을 이미 알고 있지만 헌터로 등록하기 위해 헌터 능력 시험장을 찾았다.

헌터 능력 시험장은 모든 각성자가 자신의 등급을 확인하기 위해 찾는 곳이었기에 몬스터 범람 직후에는 인산인해를 이루었지만, 지금은 상당히 한산했다.

그만큼 새롭게 각성하는 헌터의 숫자가 적다는 의미이기도 했고, 등급이 올라가는 경우가 흔하지 않다는 의미이기도 했다.

나도 몇 달 전 이곳에서 능력을 측정받았고, 내가 D급 은신 능력 각성자라는 걸 알 수 있었다.

"어, 또 오셨네요?"

대구 지역에서 활동하는 헌터의 숫자는 대략 300명이었기에 대부분의 얼굴을 외우고 있는 검사장 직원이었다.

"네, 또 왔습니다."

"제가 기억하기에는 반년 정도 전에 검사를 받았던 걸로 알고 있는데. 벌써 능력치가 상승하셨나요?"

헌터들이 사냥을 통해 자신의 능력을 상승시켜 등급을 업그레이드하긴 했지만 보통 2년에 한 단계를 올리면 천재라는 소리를 들었다.

"제게 다른 능력이 하나 더 생긴 것 같아서요. 저번 검사 때 이 능력을 제대로 측정하지 못했던 것 같아서 이번에 다시 검사받고 싶어서 왔습니다."

"네, 잠시만 기다려 주세요. 지금 다른 헌터 한 분이 검사를 받고 있어서요."

"오랜만에 나타난 새로운 헌터인가 봐요?"

"그렇네요. 한 달 만에 새로운 헌터가 나왔네요."

"그럼 저는 대기실에서 기다리고 있을게요. 제 차례가 오면 알려주세요."

대기실에 앉아 멍하니 기다리고 있던 중 드디어 검사장의 문이 열리고 시무룩한 얼굴을 한 사내가 문밖으로 나왔다.

자기의 생각보다 좋지 않은 등급을 받았던지 연신 한숨을 쉬는 그를 뒤로하고 검사장 안으로 들어갔다.

"저 사람은 등급이 안 좋게 나왔나 봐요."

"신체 강화 각성자인데 D급을 받았어요. 신체 강화 능력자는 C급은 돼야 중소 헌터 회사에 취업이 될 텐데… D급이면 공사장이나 가야죠."

그래도 각성자이기에 공사장에서 다른 인부들보다 높은 일급을 받기야 하겠지만 헌터 회사에서 받는 월급의 절반도 되지 않기에 그의 표정이 어두운 듯했다.

"그럼 어떤 능력을 검사하실 건가요? 제가 방금 추용택 씨의 서류를 찾아봤는데 은신 능력 각성자시더군요. 은신 능력을 측정하실 건가요?"

"아닙니다. 신체 강화 능력 측정을 받고 싶습니다."

"신체 강화 능력이요? 용택 씨는 은신 능력 각성자시잖아요?"

"네, 그런데 제가 신체 강화 능력도 있는 것 같아서요."

"확인해 보면 바로 알겠죠. 그러면 검사실 안으로 들어가세요."

검사실 안에는 여러 가지 측정 도구가 있었고 나는 검사관의 지시에 따라 신체 강화 검사기에 손을 가져다 대었다.

"그럼 검사기에 최대한 힘을 줘보세요."

악력기와 비슷하게 생긴 검사기에 나는 최대한의 힘을 주었다.

'어? 이상한데? 어제만큼 힘이 나지 않아.'

어젯밤 야산에서 바위를 들어 올릴 때의 괴력이 나오지 않았다.

'힘에 제한시간이 있는 건가?

"네, 측정 끝났습니다. 그럼 이제 다리 쪽 능력 측정할게요."

몇 가지의 측정이 끝나고 나는 검사실 밖으로 나왔다.

"대단하네요. 진짜 신체 강화 능력이 있는 거로 판별 났어요."

"등급은 뭔가요?"

"D급입니다. 하지만 은신 능력도 같이 있으니까 조금만 더 노력하시면 C급 헌터로 금방 승급하실 수 있을 거 같네요."

어젯밤에 나 스스로 판단하기에는 최소 C급 이상이라고 생각했지만 받아본 성적표는 D급일 뿐이었다.

하지만 분명 없는 것보다는 나은 능력이었기에 나는 애써 위로를 하며 검사장 밖으로 나왔다.

지금의 나의 표정은 아까 대기실에서 만난 헌터의 얼굴과 다를 바가 없었다.

나는 집에 가는 길목에 있는 회사에 들르기로 했다.

비록 D급이지만 회사에 보고해야 약간의 수당이라도 더 올라갈 수 있기 때문이었다.

"안녕하세요."

"용택 씨, 웬일이세요?"

언제나처럼 서류 더미에 파묻혀 일하고 있던 비서는 나를 보고 놀라는 표정을 지었다.

오늘은 헌팅 일정이 없는 날이었기 때문에 내가 회사에 찾아올 것을 예상하지 못했기 때문이다.

"잉? 용택아, 오늘은 헌팅 일정 없는데?"

사장 또한 갑자기 방문한 나에게 의아함을 품고 말했다.

"저도 알고 있습니다, 사장님. 다름이 아니라 방금 헌터 능력 검사장을 갔다 왔는데요, 제가 신체 강화 능력도 있다는 게 판별돼서 알려 드리려고 왔습니다."

나는 D급 신체 강화 인증서를 사장에게 건넸다.

"오, 신체 강화 능력이네. 그런데 왜 이것도 D급이냐. 용택아, 너 무슨 D급 능력 수집이라도 하냐?"

"제가 D급 받고 싶어서 받았겠습니까? 그래도 없는 것보다는 백배 낫지 않습니까."

"그렇긴 하지. 보자… 너 은신 능력에다가 신체 강화 능력이니까. 지금 받는 수당에서 5% 정도 더 올려주면 되겠네."

5%가 어디인가. 동생들이 먹는 쌀 한 톨이 아까운 판국에 5%라도 감지덕지했다.

"감사합니다, 사장님 그런 저는 이만 가보겠습니다."

"벌써 가게? 온 김에 밥이라도 먹고 가라. 우리도 이제 점심 먹으려고 하는데 숟가락 하나만 더 얹으면 되니까."

"아닙니다, 사장님. 집에서 저 기다리고 있는 가족들이 있어서 집에 가서 점심 먹어야 돼요."

"아! 동생들… 참 지극정성이다."

몬스터 범람 이후 밥을 먹고 가라는 말은 최고의 접대라고 할 수 있었다.

식재료가 부족해진 현 상황이었기에 하루에 한 끼도 제대로 먹지 못하는 사람이 부지기수였고 하루 세끼를 챙겨 먹는다는 것은 부의 상징이었기 때문이다.

"고기도 있는데 먹고 가."

"정말 괜찮습니다. 마음만 감사히 받겠습니다."

나를 유혹하는 사장의 말을 뒤로하고 동생들이 기다리고 있는 집으로 향했다.

고기를 먹고 싶긴 했지만 내게 있어서는 동생들과 함께하는 점심이 더 좋았기에 고민도 하지 않고 사장의 제안을 거절했다.

"동생들아, 밥 먹자."

이미 집안에는 밥 짓는 냄새가 가득했다.

내가 오기 전에 미리 밥을 해놓은 듯했다.

"오빠, 어서 와요. 지금쯤 오실 것 같아서 밥해놨어요.

이런 동생들을 두고 어떻게 혼자 밥을 먹겠는가.

6명의 가족이 모여 치열하게 반찬 다툼을 하는 모습까지도 사랑스러웠다.

"자, 밥도 다 먹었으니까 쉬었던 공부 하자."

"형, 오늘 공부 꼭 해야 돼? 하루만 쉬고 내일부터 하자."

"안 돼. 요즘 공부 너무 안 했잖아. 자 다들 공부 준비해."

내가 알고 있는 지식은 습자지 수준이었지만 어렵게 구한 책들로 동생들을 가르치기 시작했다.

1시간 정도 수업을 하자 아이들은 이미 집중력을 잃고 딴 청을 피우기 시작했다.

"자, 국어 공부는 이 정도로 하고 다음 시간은 태권도 수업 이다."

"우와, 난 태권도 수업이 제일 좋아."

막내 형식이는 앉아서 국어 공부를 하는 것보다 움직이는 것을 좋아했기에 내 말이 끝나기도 전에 마당으로 뛰어나갔다.

나는 동생들이 건강하게 자라기를 바랐기 때문에 아이들 에게 적당량의 운동은 필수였고, 태권도는 체력을 기르기에 가장 좋은 방법이었다.

태권도 수업까지 마치자 어느새 저녁 시간이 되었고 몇 가지 없는 반찬과 고봉밥으로 저녁을 때우자 해가 모습을 감추기 시작했다.

나는 소화도 시킬 겸 동내 뒷산으로 산책하러 갔다.

"어제는 이 바위가 정말 쉽게 들렸는데."

어젯밤에 들어 올렸던 바위를 다시 들어 올려보았지만, 어제보다는 확실히 힘들게 들어 올렸다.

"힘이 점점 줄어드는 건가?"

나는 바위를 내려놓고 해가 점점 사라져 가는 산속을 가볍게 산책했다.

"벌써 달이 떴네."

더는 앞도 잘 보이지 않는 산속이었기에 나는 집으로 돌아가기 위해 왔던 길을 돌아왔다.

돌아오는 길에 바닥에 박혀 있는 바위가 하나 눈에 들어왔다.

왠지 나는 다시 한 번 바위를 들어 올려보고 싶었다.

그전에 몇 번이나 확인 작업을 마쳤지만 어째서인지 다시 들어 올려보고 싶었다.

"으차. 뭐야, 이거!"

너무도 손쉽게 바위가 들어 올려졌다.

불과 1시간 전만 해도 온몸의 힘을 사용해서 겨우 들어 올렸던 바위였지만 지금은 한 손의 힘만으로도 가볍게 들어 올려졌다.

"뱀파이어의 순혈이라고 하더니 설마 밤에만 힘이 돌아오는 건가?"

나는 바위를 손쉽게 들어보고는 생각에 잠겼다.

아침에 했던 능력 검사와 저녁을 먹고 나서 해가 떠 있을 때 바위를 들었을 때는 지금 가지고 있는 힘의 절반도 되지 않았다.

그렇다면 이유는 하나, 태양이었다.

'뱀파이어의 순혈을 흡수했더니 낮에는 가진 힘의 절반도 발휘하지 못하는 건가?'

그래도 가진 힘이 점점 줄어드는 것이 아니었기에 마음속에 있던 불안감을 해소할 수 있었다.

"능력 검사를 밤에 할 수도 없는 일이고… 몬스터 사냥도 낮에만 하는데 이거 좀 아쉽네."

그래도 원래 힘보다는 월등하게 강해졌기에 나쁘진 않았지만 아쉬운 건 어쩔 수 없었다.

"가만, 다른 몬스터의 피를 흡수하면 다른 능력도 생기는 건가?"

하지만 다른 몬스터를 깨물고 싶은 생각은 전혀 들지 않았다.

그 더럽던 오크의 다리를 깨물었던 생각만으로도 헛구역질이 올라왔기 때문이다.

"그래도 정말 능력이 상승한다면 다른 몬스터의 피도 흡수하긴 해야 되는데."

제3장
일단 물고 보자

PURE
BREED
HUNTER

일주일이라는 시간은 낮밤으로 바뀌는 힘에 적응하기에
충분한 시간이었다.

해가 지면 뒷산으로 산책하러 가는 나의 모습에 동생들은
연애 사업이라도 하냐고 물어보긴 했지만, 아랑곳하지 않고
오크의 힘에 적응하기 위해 노력했다.

그리고 드디어 오늘, 헌팅 일정이 잡힌 날이 돌아왔다.

"사장님, 오늘은 제시간에 도착했습니다."

"오, 우리 신체 강화 능력자 오셨나?"

"에이, 신체 강화 능력자는 무슨… D급일 뿐인데요."

"그게 어디야. 이제 마음 편하게 정찰 보내도 되겠어. 어디

가서 엄하게 죽을 일은 없을 거 아냐."

오크의 힘을 흡수하긴 했지만, 나의 은신 능력의 한계는 동일했다.

오크의 피는 힘을 강하게 하는 용도뿐인 듯 다른 어떤 변화도 느껴지지 않았다.

"그건 그렇죠. 이제 좀 더 적극적으로 정찰 업무에 임하도록 하겠습니다."

"그래 우리 회사도 네 덕분에 제대로 한탕 해보자."

사장의 차를 타고 다시금 국채보상공원이 있던 곳으로 향했고 직장 선배들은 이미 도착해서 우리를 기다리고 있었다.

"야, 축하해 줘라. 용택이 신체 강화 능력 D급 인증받았단다."

"축하해."

은신 능력도 신체 강화 능력도 전부 D급이었기 때문에 다른 직장 선배들은 크게 기뻐해 주거나 부러워하지는 않았다.

헌팅 자체에는 크게 도움이 되지 않는 능력이었기 때문이다.

"자, 다들 도착했으면 출발하자. 오늘도 딱 저번처럼 오크 여덟 마리만 잡고 돌아오자."

아무런 거침 없이 우리는 몬스터 도어를 통해 몬스터 월드로 이동했다.

다들 아무런 피해 없이 두 번의 오크 사냥을 성공했기 때문에 자신감이 하늘을 찌를 듯했다.

"정찰하고 오겠습니다."

"그래, 부탁한다. 오늘도 더도 말고 덜도 말고 오크 여덟 마리만 발견하고 와라."

나는 오크들이 주로 출몰하는 북동쪽으로 몸을 날렸고 오크를 찾기 위해 모든 감각을 집중했다.

하지만 30분 동안 발견한 건 지금 내 눈에서 한가로이 풀을 뜯고 있는 변종 멧돼지 한 마리뿐이었다.

'저걸 물면 어떻게 될까?'

토실한 변종 멧돼지의 엉덩이를 바라보며 생각했다.

오크의 다리를 물었을 때 힘이 강해졌다면 변종 멧돼지를 물면 어떤 힘을 가지게 될지 궁금했다.

'일단 물어보면 알겠지.'

나는 은신술을 유지한 채 조심조심 변종 멧돼지의 엉덩이를 향해 다가갔고 한 치의 망설임도 없이 엉덩이를 물었다.

이미 오크의 다리도 물어본 적이 있었기에 변종 멧돼지의 토실한 엉덩이를 무는 것은 크게 부담스럽거나 혐오스럽지 않았다.

"꾸에에엑!"

멧돼지가 난리를 치며 나의 이빨에서 벗어나려 했지만 뱀파이어의 힘 덕분인지 1분도 견디지 못하고 간신히 숨만 붙어 있는 채로 쓰러졌다.

"음, 이 정도면 어떤 반응이라도 와야 되는데."

아무런 변화가 느껴지지 않았다.

처음 오크를 물었을 때 혈관을 타고 흐르는 혈액이 타오르는 듯한 느낌은 전혀 들지 않았다.

"변종 멧돼지는 마정석이 없어서 그런가? 변종 멧돼지는 독이 있어서 먹지도 못하는 건데 괜히 입맛만 버렸네."

나는 혹시나 싶어 해독제 몇 개를 구비해 들고 다녔기에 얼른 하나를 입속으로 집어넣었다.

"시간만 낭비했네."

쓰러져 있는 변종 멧돼지를 두고 다시금 오크를 찾아 더 깊은 숲 속으로 들어갔다.

하지만 오크 발자국조차 보이지 않았기에 다시금 왔던 길을 돌아갔다.

"어라, 오크들이네."

나에게 엉덩이를 바친 멧돼지의 주변에 오크들이 보였다.

엉덩이에서 피를 흘리는 멧돼지의 피 냄새를 맡고 모여든 듯했다.

여섯 마리의 오크들이 서로를 견제하고 있었다.

변종 멧돼지 한 마리는 오크에게 1인분밖에 되지 않는 양인지 서로 눈치 싸움을 치열하게 하고 있었다.

'구경하고 있을 때가 아니지.'

나는 눈치 싸움을 하고 있는 오크들이 자리를 뜨기 전에 동료들을 불러 와야 했기에 안전 지역으로 달려갔다.

"사장님, 이번엔 오크가 여섯 마리입니다."

"너, 뭐야? 왜 입술에서 피가 나냐?"

변종 멧돼지의 피가 아직 내 입술에 묻어 있던지 사장은 그것이 내가 흘린 피로 생각하고 걱정했다.

"아, 이거 길 가다가 멧돼지 한 마리가 보이기에 미끼로 사용하려고 죽이다가 멧돼지 피가 묻은 거예요."

"너 사실대로 말해. 이번에도 물었냐?"

뜨끔.

내가 한 일을 정확하게 알고 있는 사장이었지만 모른 척을 했다.

"내가 무슨 미친개도 아니고 뭐만 보이면 무는 줄 아세요?"

"너 미친개 맞잖아. 오크 다리도 문 놈이 멧돼지를 못 물이유가 없지."

"그게 중요한 게 아니잖아요. 이러다가 오크들 다 도망가겠습니다."

"그렇지! 어서 가자."

이미 모든 준비를 마친 선배님들은 사장의 출발 신호만 기다리고 있었다.

진형을 유지하며 멧돼지가 있던 곳에 도착하자 아직 눈치싸움을 벌이고 있는 오크들이 보였다.

'직접 사냥하면 될 거 가지고 오크나 인간이나 공짜라면 사족을 못 쓴다니까.'

"땅의 속박, GO."

이번도 같은 패턴으로 사냥할 생각인지 사장은 땅의 속박을 구현할 것을 명령했고 여지없이 땅에서 손이 숫구쳐 올라 오크들의 다리를 묶었다.

"바로 물의 창, GO."

땅의 속박과 물의 창 연계기로 이미 행동에 큰 제약이 생긴 오크를 처리하는 것은 어렵지 않은 일이었다.

'여기서 오크를 한 번 더 물면 어떻게 될까? 힘이 더 강해지려나?

나는 인간 본연의 본능인 힘에 대한 욕심이 생겨났다.

오크들을 향해 달려가는 사장의 뒤를 쫓아 물의 창에 가슴에 상처가 생긴 오크를 물었다.

"저 미친 새끼, 또 물었어. 저거 광견 맞구만."

그런 나의 모습에 이미 다른 오크들의 숨통을 다 끊어놓은 사장이 지켜보며 소리쳤다.

그리고 다른 선배님들도 내 모습을 보며 어이없다는 듯이 쳐다보고 있었다.

"제가 저번에 오크 한번 깨물고 신체 강화 능력 각성해서 혹시나 해서."

"그래서 이번에도 힘이 강해졌냐?"

사장은 아직 어이없어하는 표정을 유지하며 나에게 물었다.

힘이 강해졌나? 아무런 변화가 없었다.

한 종류의 몬스터에 한 번만 통하는 듯했다.

"아니요. 저번은 우연이었나 봐요."

"각성 한 번 하는 게 얼마나 힘든 일인데. 저번에는 너 죽을 고비를 넘겨서 우연히 신체 강화 능력이 각성했나 본데. 그게 연속으로 되면 너나 나나 다 오크 목덜미에 이빨을 쑤셔 넣지."

나는 계속 무안을 주는 사장의 말에 뒷머리를 긁적이며 오크에게서 벗어났다.

"나 참… 추출조 마정석 꺼내."

나는 이번 사냥을 통해 420만 원이 조금 안 되는 돈을 벌었다.

오늘도 1주일은 살아갈 돈을 벌었기에 마트에 가서 동생들이 좋아하는 음식들을 사서 집으로 돌아왔다.

"형 왔다."

"우와, 오늘도 먹을 거 많이 사 왔네. 형 최고."

이 말을 듣기 위해 목숨을 위협받더라도 몬스터 사냥에 나가는 게 아니겠는가.

　　　　　*　　　*　　　*

　본격적으로 헌터의 길로 들어간 지 이제 한 달이라는 시간
이 지났다.

　사냥을 나간 것은 다섯 번뿐이었지만 몬스터 사냥에 어느
정도 자신감도 붙었다.

　사실 내가 할 일은 정찰 업무만 하면 되었기에 그렇게 위험
하지도 않았기도 했고 신체 강화 능력 덕분에 체력적으로 문
제도 없었다.

　헌터가 가장 인기 있는 직종이기도 했고 고수익을 보장하
기도 했지만 나는 5명의 동생 입에 먹을거리를 집어넣기에도
벅찼다.

　"오빠, 저 옷 기워 입으면 되는데."

　아직 한창때인 아이들이었기에 하루가 다르게 성장했고
몸에 맞지 않은 옷들을 입기 일쑤였다.

　"그래도 우리 가족 중에 유일한 아가씨인데 예쁜 옷 하나
쯤은 가지고 있어야지."

　동생들의 옷을 한 벌씩 사주니 어느새 수중에 있는 돈은 일
주일 생활비 정도밖에 남아 있지 않았다.

　하지만 어쩔 수 없는 일이지 않은가?

　좋은 옷을 해 입힐 수는 없더라도 몸에 맞는 옷은 입히고
싶었다.

"형 출근하고 올게. 다들 얌전히 기다리고 있어."

"네, 조심히 다녀오세요."

일주일에 한 번꼴로 나가는 몬스터 사냥의 일정이 오늘이었다.

오크 말고 다른 몬스터의 힘을 흡수하고 싶었지만 쉽지 않은 일이었다.

하지만 오늘은 다를 것이다.

저번 사냥을 마치고 사장은 오크보다 훨씬 돈이 되는 오우거를 사냥할 것을 우리에게 제안했다.

D급 사냥터에서 가장 위험한 몬스터로 꼽히는 오우거를 우리들의 힘만으로 사냥할 수 있을지 의문이긴 했지만 사장에 대한 믿음이 있었기에 다들 사장의 의견에 따랐다.

"자 다들 준비됐지? 용택아, 오우거는 남서쪽의 산맥 입구에 위치하고 있으니까 조심히 정찰하고 와."

사장이 몬스터 사냥을 한 횟수는 우리나라 헌터 모두를 통틀어도 열 손가락 안에 든다고 했다.

처음 힘을 각성한 후 하루에 몇 번이고 사냥을 나갔다고 한다.

그런 그였기에 D급 사냥터인 이곳의 지리를 잘 알고 있었고 몬스터 분포도 또한 그의 머릿속에 들어 있었다.

하지만 시시때때로 바뀌는 몬스터 분포도였기에 내가 필요했다.

"네, 사장님. 걱정하지 마세요. 도망치는 건 제 주특기니까요."

"그래, 제발 도망쳐라. 오우거한테 이빨 들이밀지 말고."

"저를 진짜 미친개로 생각하시는 거 아니에요? 저 정상적인 사람이라고요."

그러나 나의 말을 듣자 사장뿐만 아니라 다른 직장 선배들도 고개를 좌우로 저어댔다.

도어에서 남서쪽으로 움직이는 것이었기 때문에 익숙지 않은 지형에 적응하기 위해 평소보다 느린 속도로 전진해 나갔다.

오우거의 서식지로 알려진 산맥 입구까지 도착하는 데만 1시간이 넘는 시간이 걸렸다.

산맥의 입구에 도착하자 불과 한 걸음 차이지만 공기의 무게감이 달라진 게 느껴졌다.

산맥의 포식자인 오우거가 사는 곳이었기에 다른 몬스터의 움직임은 보이지 않았고 바람마저 불지 않고 있었다.

"이쯤이면 보여야 되는데."

3m~5m의 크기를 가진 오우거였기에 멀리서도 쉽게 찾아볼 수 있는 덩치였지만 내 눈에는 오우거 비슷한 것도 보이지 않았다.

그때 땅이 울리는 것이 느껴졌다.

지진이 난 것처럼 주변의 땅이 움직였다.

　오우거가 분명하다. 나는 땅의 울림을 만들어내는 오우거를 찾기 위해 사방으로 고개를 돌려가며 눈을 부라렸고 아파트 2층 높이의 크기를 가진 오우거를 발견할 수 있었다.

　'4m는 안 돼 보이네, 다행이다.'

　5m 이상의 크기를 가진 오우거는 나무를 뿌리째 뽑아 휘두르기도 하였기에 매우 위험한 존재였다.

　나는 오우거가 큰 바위에 기대어 휴식을 취하는 모습까지 확인한 후 동료들을 부르기 위해 몸을 돌렸다.

　"사장님, 오우거 발견했습니다. 사장님 말씀대로 산맥 입구에서 발견했고 크기는 4m가 안 돼 보였습니다."

　"그래? 수고했다. 자, 다들 움직이자."

　전과 같지 않는 긴장감이 우리에게서 느껴졌다.

　오우거 사냥을 해본 경험이 있는 건 사장이 유일했기에 다들 처음 해보는 오우거 사냥에 대해 긴장감을 느낄 수밖에 없었다.

　우리가 도착할 때까지 바위에 기대어 낮잠을 즐기고 있는 오우거였다.

　"자, 잘 들어. 다시 한 번 작전을 설명할게. 먼저 동수 네가 땅의 속박을 걸면 잠시 동안 오우거의 발을 묶을 수 있을 거야. 오크와는 다르게 엄청난 힘을 가지고 있는 놈이니까 기껏 해봐야 30초 남짓이겠지. 그 순간 바로 물의 창을 다리를 향해 날려. 그리고 정면은 내가 맡을 테니 나머지 인원은 후방에서 오우거의 신경만 끌어. 마무리는 내가 할 테니까."

단순하지만 효과적인 작전이었다.

몬스터 사냥을 위해 군대를 움직이기 위해 많은 나라가 몬스터 도어에 탱크와 총을 들고 들어 간 적이 있었다.

하지만 큰 소리를 내는 무기 덕분에 엄청난 숫자의 몬스터와 맞서 싸워야 했고 얻는 마정석보다 큰 피해를 보아야 했다.

보급조차 원활하지 않은 상황이었기에 군대를 움직여 몬스터를 사냥하는 것은 배보다 배꼽이 더 크다는 것을 깨달은 국가들은 적극적으로 헌터들의 몬스터 사냥을 지원했다.

보통의 군인들이 오크를 사냥하기 위해서는 몇십 발이 넘는 총알이 필요했고 태반이 넘는 기반 시설이 박살 난 상황에서 총알은 이전과는 다른 가치를 가지고 있었다.

그러므로 우리처럼 헌터들은 단순한 방법으로 몬스터를 사냥하기 위해 노력했다.

"자, 그럼 시작하자."

사장을 필두로 전투조가 오우거의 앞으로 걸어갔고, 사장이 손을 휘젓자 땅의 속박이 시전되었다.

그리고 땅의 속박이 시전되는 것이 보이자마자 물의 창이 날아갔고, 그와 동시에 전투조가 오우거를 향해 달려갔다.

사장은 오우거의 정면을 향해 움직였고 나머지 3명은 각자 다른 방향으로 퍼져 오우거의 시선을 분산시켰다.

"덩치 큰 멍청이! 일로 와보라고."

"어디 보냐! 나는 안 보이냐?"

"휘익~ 휘익~"

각자의 방법으로 3명의 전투조가 시선을 끄는 사이 다리에 물의 창에 맞은 오우거는 거세게 반항하기 시작했다.

나는 이번 기회를 놓칠 수 없었다.

오우거의 힘을 흡수한다면 지금보다 배는 강한 힘을 가질 수 있을 거 같았기에 낮은 포복으로 오우거를 향해 다가갔다.

사장과 오우거의 치열한 결투가 계속되었고 우측의 전투조에 잠시 한눈을 판 오우거의 틈을 놓치지 않고 오우거의 왼쪽 목덜미에 칼을 박아 넣는 사장이었다.

"사장님 나이스 샷."

사장은 목덜미에 오우거의 목덜미에 박아 넣은 칼을 빼지 않은 채 다른 손에 들린 칼을 오우거의 복부에 다시 한 번 박아 넣었다.

오우거의 살이 타는 냄새가 나에게까지 맡아졌고 나는 겨우 목숨만을 유지하고 있는 오우거의 목덜미를 향해 뛰어들었다.

"저 미친 새끼 또야?"

사장의 공격에 쓰러진 오우거를 땅의 속박으로 사지를 결박하고 있는 상태였기에 큰 위험은 없는 상황이긴 했지만, 미친개처럼 이빨을 들이밀고 오우거에게 향하는 나의 모습에 사장은 어이없는 표정을 지으며 지켜보았다.

오우거의 목덜미에 이빨을 박아 넣자 오우거의 역한 피가 목구멍을 통해 넘어갔다.

혀가 마비되었는지 맛은 느껴지지 않았다.

만약 역한 맛이 느껴졌다면 금방이라도 오우거의 목에 박아 넣은 이빨을 뺐겠지만 다행이었다.

혈관이 격하게 움직이는 것이 느껴졌다.

목부터 시작해 발까지 모든 혈관이 제각각 움직이는 것 같았다.

그리고 알 수 없는 희열이 온몸을 감쌌다.

"저 미친 광견 새끼, 웃고 있어."

추출조의 목소리가 들렸다.

아니, 내가 웃고 있다니 그럴 리 없었다.

"몸을 부르르 떠는 거 봐. 저 새끼 몬스터 성향이야?"

"아니, 살다 살다 몬스터 보고 흥분하는 놈은 처음 봐."

나는 혈관이 잠잠해지는 게 느껴지자 오우거의 목덜미를 놓고 비켜났다.

"빨리 오우거 피 닦아. 네 모습 보고 있으니 어제 먹은 귀한 삼겹살이 올라오겠다."

오우거의 피로 샤워를 한 듯한 나의 모습에 사장은 헛구역질하는 시늉을 하며 수건을 건넸다.

"그래 이번에는 강해진 거 같아?"

"조금 강해진 거 같기도 하고요."

나는 확실히 알 수 있었다.

오크의 피를 흡수하던 때보다 훨씬 강한 힘이 나의 몸속으로 들어왔다는 것을, 하지만 사실대로 말할 수는 없었기에 얼버무렸다.

"나는 이제 모르겠다. 저 광견 새끼."

고개를 절레절레 흔드는 사장에 다른 모든 직장 동료들은 동의한다는 눈빛을 보이고 있었다.

제4장
생명 연장의 꿈

사냥을 마치고 집으로 돌아온 나는 동생들의 밥을 챙겨주고 난 뒤 뒷산으로 올라왔다.

이미 해는 지고 달이 하늘 한가운데를 지키고 있었다.

"이게 오우거의 힘이군."

나는 오우거의 힘을 흡수한 뒤 주체할 수 없는 힘에 모든 움직임이 부자연스러워졌다.

동생들의 밥을 챙겨주기 위해 밥솥에서 밥을 풀 때도 밥그릇과 밥솥을 부수지 않기 위해 힘을 최대한 억제해야만 했다.

음식을 집어 먹을 때의 젓가락질 또한 마찬가지였다.

"최대한 빨리 적응해야 돼."

오크의 힘을 가졌을 때도 평소와 다른 힘에 잦은 실수를 했지만 인간은 적응의 동물이었기에 며칠 만에 새로운 힘에 적응하였다.

먼저 오우거의 힘을 흡수한 나의 몸 상태를 확인하는 것이 최우선이었다.

나는 바위를 들어 올리는 것만으로 힘을 확인할 수 없었기에 내 몸보다 조금 얇은 나무 하나를 부둥켜안고는 위로 힘을 주었다.

얼마간의 힘을 주자 나무가 들려 올라가는 게 느껴졌다.

기어코 최대한의 힘을 주자 나무는 뿌리째 뽑혀 올라왔다.

낮에는 지금의 힘을 절반만 사용할 수 있다고 해도 충분히 B급 신체 강화 능력자와 대등한 힘을 발휘할 수 있을 것 같았다.

달이 하늘을 지키고 있는 지금은 A급의 능력자와 붙어도 지지 않을 자신이 있었다.

나는 어느 정도 힘을 확인한 후 뒷산에서 내려와 집으로 돌아갔다.

지금의 시대에서는 힘이 곧 법이었고 권력이었다.

머리로 돈을 벌 수 있는 시대는 이미 지나갔다.

성공하기 위해서는 남들보다 뛰어난, 아니, 몬스터보다 뛰어난 능력을 갖추고 있어야 했다.

그렇지 않으면 굶주림을 달랠 수 없었다.

곤히 잠들어 있는 동생들을 바라보자 흐뭇한 미소가 지어졌다.

내가 그들을 보살피고 있는 것처럼 보였지만 사실은 내가 동생들에게서 삶을 살아갈 원동력을 얻는다고 보는 게 맞았다.

그들이 없었다면 가족을 잃은 나는 무기력하게 죽어가고 있었을 것이다.

이불이라고 부르기도 민망한 거적때기를 덮고 자는 동생들의 모습을 한 번 더 바라본 나 역시 머리를 베개에 붙이고 거적때기를 덮고 눈을 감았다.

그리고… 오크의 힘을 흡수했을 때 꿨던 악몽이 다시금 나를 찾아왔다.

그때와 다른 것이라면 내가 몬스터를 잡아먹는 것이 아니라 금발을 한 하얀 피부의 다른 누군가가 늑대인간의 목덜미를 물고 있는 장면이 보였다는 것이었다.

그의 새하얀 이빨이 늑대인간의 굵은 목덜미에 파고들자 늑대인간은 그를 뿌리치기 위해 주먹을 날렸지만, 아무런 소용이 없었다. 늑대인간의 손은 점점 꼭두각시 인형처럼 부자연스럽게 움직였다.

늑대인간이 더는 움직이지 않자 그의 새하얀 이빨이 늑대인간의 목에서 빠져나왔고 그는 무심히 늑대인간을 바라보았다.

"이것이 너희 늑대인간이 힘이더냐?"

그가 돌로 만들어져 있는 벽에 손을 가져다 대자 벽은 지푸라기처럼 무너져 내렸다.

"참 부질없구나. 더는 흡수할 힘이 남아 있지 않구나. 늑대인간을 끝으로 나의 수명도 이제 1년밖에 남지 않았구나."

그가 느끼는 감정과 생각을 나는 읽을 수 있었다.

영혼의 고리가 그와 나 사이에 연결되었다.

그는 뱀파이어의 순혈을 가진 유일한 이였고, 그의 발밑에서 눈을 감은 이는 마지막 늑대인간이었다.

뱀파이어의 순혈을 가진 그는 자신의 목숨을 유지하기 위해 늑대인간을 찾아다녔고 드디어 오늘 늑대인간의 피를 마실 수 있었다.

하지만 늑대인간을 마지막으로 그가 더 이상 흡수할 힘은 남아 있지 않았다.

순혈의 뱀파이어의 숙명이었다.

새로운 피를 받아들이지 않으면 생명의 불꽃은 1년이 지나 꺼지게 된다. 그것이 그가 짊어지고 있는 숙명이었다.

그 숙명의 가장 큰 문제점은 새로운 피를 연속으로 받아들여도 그에게 남는 수명은 1년이라는 거였다.

세계에 더 이상 다른 이능력을 가진 이는 남아 있지 않았고 그의 고된 삶도 막바지에 다다랐다.

"세계를 뒤져서 고작 1년을 더 산다고 해서 무슨 의미가 있겠는가? 내 마지막 피를 남겨주겠다. 누가 될지는 모르지만 내가 느꼈던 이 고단함을 대신 받아주길 바란다."

그는 고양이처럼 손톱을 세우고는 자신의 가슴을 찔러 심장을 뽑아냈다.

심장은 그의 손에서 빛을 발하고는 작고 아름다운 보석으로 바뀌었다.

보석이 땅에 떨어지자 그는 한 줌의 먼지로 변해 하늘로 날아가 버렸다.

그 장면을 끝으로 나는 눈을 떴다.

꿈이라고 생각하기에는 너무 생생했다.

나는 느낄 수 있었다.

이 꿈이 그가 나에게 전하는 마지막 메시지라는 걸.

내가 다른 몬스터의 힘을 흡수하지 않으면 1년 뒤에 죽는다는 말인가?

나는 조용히 심장에 손을 가져다 대고는 심장박동 소리를 느꼈다.

두근두근.

힘차게 뛰고 있는 심장 소리가 고맙게 느껴졌다.

손을 다시 바닥으로 내리고는 고개를 들어 자고 있는 동생들의 모습을 보았다.

하늘에서 내려온 천사들이 이런 모습일까?

밤사이 추운지도 모르고 발로 걷어찬 이불을 다시 목 위까지 덮어주었다.

"너희를 위해서라도 꼭 살아남을게."

내 힘의 제약을 알게 된 후 조금은 우울한 마음으로 아침을 맞이했지만, 언제나 밝은 모습으로 웃고 떠드는 동생들 덕분에 우울함은 씻겨 내려갔고 조급함도 사라졌다.

아직 저 게이트 안에서 수많은 몬스터가 나를 기다리고 있지 않은가.

"형, 오늘 다녀올 때는 닭고기 사 오시면 안 돼요? 닭고기 먹고 싶어요."

"나도 닭고기 먹고 싶어 형아."

"그래, 오늘은 닭고기 사 올 테니까 사고치지 말고 얌전히 있어. 알았지?"

"응, 형아. 꼭 닭고기 사 와야 해!"

몬스터 사냥을 위해 집을 나서는 나에게 동생들은 먹고 싶은 음식을 나열했고 그중 닭고기를 먹고 싶어 하는 아이들이 대부분이었다.

'닭고기가 뭐야. 소고기를 사 오마.'

기름값이 날이 갈수록 비싸지고 있는 지금, 사장은 멋을 위해 차를 사용하고 있었다.

가족이 한 명도 남아 있지 않은 그에게 있어서는 차가 유일한 가족이었다.

"사장님, 몬스터 월드에는 몇 종류의 몬스터가 있을까요? 제가 헌터 검증 필기시험 공부할 때 배운 거로는 몬스터 도어를 통해 범람해 온 몬스터의 종류는 약 20가지 정도 된다고 하던데."

"20가지? 50가지는 넘을 거다. 사실 몬스터 범람 때 몬스터 월드에서 넘어온 놈들은 최상위 포식자는 아니었지. 내가 몬스터 월드에서 본 몬스터만 해도 30가지는 넘으니까. 강한 놈들은 몬스터 월드 깊숙이 숨어 있다고. 근데 갑자기 그건 왜?"

"그냥 궁금해서요."

"궁금해하지 마라. 호기심이 많으면 수명이 짧아지게 마련이니까."

"그러면 D급 몬스터 서식지에 사는 몬스터의 종류는 몇 가지나 되나요?"

"음, 정확하지는 않지만 내가 본 건 한 다섯 가지 정도 될 거야. 일단 멧돼지는 빼고… 오크도 있고, 오우거도 있고, 고블린, 그리고 트롤도 정말 가끔 볼 수 있지. 아 웨어울프도 있구나. 그런데 만나기는 쉽지 않을걸. 나도 일 년 동안 웨어울프는 딱 한 번 봤으니까."

"트롤은요?"

"트롤은 반년에 한 번은 본 거 같긴 한데. 왜 자꾸 이런 거 물어봐?"

"궁금해서요."

궁금할 수밖에 없지 않은가. 내 목숨이 달린 일이니까.

D급 몬스터 서식지에 사는 몬스터의 종류가 5가지라면 지금의 직장에 계속 다녀도 나의 목숨은 4년이나 연장할 수 있는 것이다. 물론 타이밍 맞게 몬스터의 힘을 흡수한다고 가정했을 때 말이다.

*   *   *

오늘도 오우거 사냥을 위해 나는 정찰을 나섰다.

오크 열 마리를 잡는 것보다 오우거 한 마리를 잡았을 때 벌어들이는 돈이 더 많았기에 앞으로의 사냥 목표는 오우거로 바뀐 상태였다.

저번 사냥에서 아무런 사상자가 나오지 않았기 때문이기도 했다.

물론 두 마리 이상의 오우거는 힘든 상대였지만 한 마리의 오우거라면 피해 없이 잡을 수 있었다.

산맥의 입구에 서식하는 오우거는 이미 다 잡았기 때문에 우리는 좀 더 깊은 곳으로 들어가야 했다.

오우거는 나름의 영역을 가지고 있는 몬스터였기 때문에

서로의 영역을 존중해 주는 편이었다.

"이렇게 깊이 들어와도 되나?"

나는 어느새 산맥의 입구를 지나 절벽으로 이루어진 산맥의 초입까지 들어왔다.

산맥의 초입에서 더 가지도 돌아가지도 못하고 있는 애매한 상황에 처해 있는데, 머리 위에서 자그마한 돌들이 떨어졌다.

나는 돌이 떨어진 방향으로 고개를 들었고 몬스터 백과사전에서만 보았던 트롤 두 마리가 산맥을 타고 내려오고 있는 것을 발견할 수 있었다.

2m는 넘어 보이는 트롤의 모습은 허리가 긴 기형 동물처럼 생겼다.

하지만 고무줄처럼 탄탄해 보이는 트롤의 근육을 보니 그들이 쉬운 상대가 아니라는 느낌을 받을 수 있었다.

오우거는 아니지만 트롤 두 마리라면 우리 회사의 능력으로 상대할 수 있을 것으로 보였기에 일단 사장에게 보고하기 위해 안전 지역으로 돌아갔다.

"오우거 찾았어?"

멀리서 내가 돌아오는 모습을 지켜보던 사장은 가볍게 손을 흔들고는 정찰 내용에 관해 물었다.

"산맥 초입까지 정찰했는데 오우거는 발견하지 못했습니

다. 대신 트롤 두 마리를 발견했습니다."

"트롤이라. 흠… 조금 힘들긴 하겠는데."

사장은 쉽게 결정하지 못하는 듯 턱을 괴고 고민에 빠졌다.

"그래, 트롤 두 마리 정도면 해볼 만하지. 잡아본 경험도 있고, 트롤 사냥하는 거에 반대하는 사람은 지금 손들어. 한 명이라도 반대하면 트롤 사냥은 다음 기회로 연기하고."

사장을 전적으로 믿고 있는 직원들이었기에 아무도 손을 들어 반대 의사를 표하지 않았다. 사장이 가능하다고 말하면 가능한 거였다.

"그래 그럼 가자. 근데 웬 트롤이야. 찾으려고 노력해도 찾기 힘든 놈들인데. 아까 용택이 네가 트롤에 관해 물어서 그런 거잖아."

"아니, 말만 하면 다 나오겠어요? 그럼 드래곤 얘기하면 드래곤이라도 나오는 거예요?"

"말이 그렇다는 거지. 뭐 해, 출발하자."

산맥 초입까지의 거리가 꽤 되기 때문에 우리는 빠른 걸음으로 이동했다.

"여기서 트롤을 발견했습니다."

"그래, 여기저기 트롤 발자국이 보이는구나. 산맥을 벗어나 숲 속으로 이동한 거 같은데 발자국을 따라가 보자."

트롤의 발자국을 길잡이 삼아 도착한 곳은 오크 서식지가 있는 곳이었다.

트롤의 발자국이 선명해짐과 동시에 뼈가 부서지는 소리
가 들려오기 시작했다.

"다들 멈춰."

우리는 최대한 기척을 숨기고 소리가 나는 방향으로 이동
했고 그곳에서는 치열한 전투가 벌어지고 있었다.

멧돼지를 사이에 두고 오크 무리와 트롤들의 싸움이 벌어
지고 있었다.

"우리는 최대한 여기서 기다린다. 쟤들끼리 서로 싸우다가
지치면 덮치는 거지."

오크 열 마리와 트롤 두 마리의 싸움은 꽤 치열해 보였지만
세 마리의 오크가 트롤의 손아귀에 찢어지자 나머지 오크들
은 동료애라고는 찾아볼 수 없는 모습을 보이고 있었다.

"오크들이 도망가는데요?"

"오크한테 동료애를 기대하면 안 되지."

오크들이 모두 모습을 감추자 트롤들은 싸움의 원인이었
던 멧돼지를 오크의 시체 위에서 뜯어 먹기 시작했다.

"밥 먹을 때는 개도 안 건드린다고 하지만 쟤들이 개는 아
니니까. 지금이다."

트롤의 발자취를 쫓아오면서 이미 계획을 세웠기에 우리
는 사장의 말에 따라 각자의 임무를 수행하기 시작했다.

가장 먼저 땅의 속박으로 트롤의 발을 잠시 멈추고 물의 창
과 공격조가 트롤에게 돌진하는 이전과 다를 바 없는 작전이

었지만 두 마리의 트롤이었기에 한 마리는 사장이 맡아야 했고, 다른 한 마리는 사장이 다른 트롤을 죽이기 전까지 공격조가 붙잡고 있어야 했다.

"볼 때마다 느끼는 건데 무슨 팔이 이렇게 길어."

사장은 트롤이 휘두르는 긴 팔에 방해받아 사정거리 안으로 들어가지 못했기에 볼멘소리를 냈다.

하지만 트롤의 팔을 피함과 동시에 몸을 한 바퀴 돌려 트롤의 몸에 손이 닿을 거리까지 다가가는 데 성공했다.

하지만 그런 사장을 가만히 두고 볼 트롤이 아니었고, 자신의 품에 다가온 사장을 긴 두 팔을 이용해 끌어안으려고 하는 트롤이었다.

"나는 몬스터랑 포옹하는 취미는 없다고! 그런 건 용택이한테나 해. 걔는 그런 취향이니까."

트롤의 팔을 피하고는 복부에 칼을 꽂아 넣으며 말하는 사장의 말에 트롤뿐만 아니라 나 또한 대미지를 입었다.

나 진짜 몬스터 취향은 아닌데. 이거 사실대로 말할 수도 없고.

사장과 트롤의 대결은 끝이 보이고 있었지만 다른 공격조는 수세에 몰려 있었다.

트롤의 긴 팔을 피하며 요리조리 움직이는 공격조였지만, 트롤에게 사장처럼 파고들지는 못하겠는지 트롤에게 상처를 입힐 수 없었다.

아니, 몇 번은 상처를 내기도 했지만 상당히 빠른 속도의 재생 능력으로 생채기 하나만 남아 있는 트롤이었다.

공격조가 잡힐 듯 잡히지 않자 트롤은 신경질이 난 듯 무작위로 팔을 휘저었고 그래도 잡히지 않자 트롤은 괴성을 냈다.

"와, 소리 좋네."

나와 같이 전투 현장에서 벗어나 있는 추출조 사람이 트롤의 괴성을 듣고 트롤의 목청을 칭찬했다.

그의 칭찬이 트롤의 마음에 들지 않았던 건가?

트롤은 전투조를 상대하다 말고 전투를 지켜보고 있던 우리에게 고개를 돌렸고, 이윽고 우리에게 돌진해 오기 시작했다.

"추출조! 피해."

나도 있었지만, 사장은 추출조에 대한 걱정으로 상대하던 트롤의 목을 단번에 잘라내고는 소리쳤다.

하지만 달려오는 트롤의 발을 묶기에는 역부족인 상황이었다.

공격조는 트롤의 공격을 피하며 붙잡고 있는 것만도 힘든 상황이었기에 트롤의 발을 묶는다는 것은 상상도 하지 못했다.

트롤의 돌진 속도 역시 생각보다 빨랐기에 추출조는 트롤의 사정거리에서 벗어나지 못했다.

"으아아악!"

추출조는 자신의 바로 앞까지 다가온 트롤의 긴 팔을 보며 트롤이 지르던 괴성에 못지않게 소리를 질러댔고, 나는 생각할 틈도 없이 추출조 앞으로 튀어나갔다.

펙!

나는 트롤의 팔을 내 몸으로 막아냈다.

오우거의 힘을 흡수한 나였지만 그 한 방에 땅바닥을 뒹굴 수밖에 없었다.

나를 밀쳐 낸 트롤의 손은 추출조를 향해 다시 다가갔고 나는 뒹굴던 몸을 일으켜 세워 트롤에게 또 한 번 돌진했다.

"어디서 선배님한테 손을 내밀어!"

나는 온 힘을 써서 땅을 밟아 뛰어올랐고 트롤의 팔을 향해 돌려차기를 시도했다.

어느 정도 효과가 있는지 이번에는 내 발차기에 트롤의 팔이 뒤로 튕겨 나갔다.

짧은 공방이었지만 사장과 공격조가 트롤 주위를 포위하기에는 충분한 시간이었기에 트롤은 무차별적인 공격에 목을 땅에 떨어뜨렸다.

"용택아, 괜찮아?"

사장은 트롤의 피가 묻은 칼을 닦지도 않은 채 나에게 뛰어왔다.

"네, 괜찮습니다. 제가 맷집 하나는 알아주는 놈입니다."

"고맙다, 용택아."

추출조 사람들도 나에게 감사의 인사를 전했다.

지금까지 약간은 무시하는 눈빛으로 나를 바라보던 그들의 눈빛이 호감으로 바뀌어 있었다.

이번 사냥으로 두 마리의 트롤의 마정석뿐만 아니라 그들의 손에 죽은 세 마리의 오크의 마정석까지 얻는 부수입을 얻을 수 있었다.

나는 목이 잘렸음에도 아직 생명을 다하지 않은 트롤의 목에 이빨을 꼽고 힘을 흡수하고 싶었지만 그러지 못했다.

오우거의 힘을 흡수한 지 얼마 되지도 않아 트롤의 힘까지 흡수해 버리면 생명 연장 계획이 1년이나 짧아지기 때문이다.

제5장
고블린의 능력

　집에 돌아오는 길에 잊지 않고 아이들이 먹고 싶어 하는 닭을 샀고, 팔은 무거워졌지만 발걸음은 빨라졌다.

　어렸을 적 술 취한 아버지의 손에 들려 있던 치킨이 생각났다.

　아버지 또한 지금의 나의 마음과 다를 바 없었겠지?

　"얘들아 닭고기 먹자."

　"우와 닭이다! 형, 우리 치킨 해 먹어요."

　"형식아, 치킨은 무슨 그냥 백숙해 먹자."

　"왜~ 난 치킨 먹고 싶단 말이야."

　"치킨 만들려면 기름도 있어야 되고 양념도 있어야 되는데 그걸 어디서 구해."

형식이는 자신이 먹고 싶은 치킨을 먹지 못한다는 생각에 시무룩해졌지만 향긋한 냄새를 풍기는 닭백숙에 언제 그랬냐는 듯이 웃으며 닭고기를 뜯었다.

두 마리의 닭이 뼈만 남기고 사라지자 동생들은 만족스러운 듯 숟가락을 놓았다.

닭백숙이 싫다고 하던 형식이는 뼈까지 빨고 있었다.

지금은 다들 어린 동생들이었기에 하나의 방에서 어떻게든 생활하고 있지만, 하루가 다르게 커가는 동생들을 위해 더 나은 집을 얻고 싶은 마음이 들었다.

통나무집을 새로 짓고 싶었지만, 건설에 관한 지식이 부족했기에 현재 남아 있는 집에 통나무를 기대는 형식으로라도 하나의 방을 더 만들고 싶었다.

통나무집의 기본 골조를 만들기 위해서는 수십 개의 통나무가 필요했기에 나는 사장에게 빌린 도끼 한 자루를 들고 뒷산으로 들어갔다.

오우거의 힘을 흡수한 상태였기에 통나무를 하는 것은 어렵지 않은 일이었다.

몇 번의 도끼질만으로 쓰러지는 몸통만 한 통나무를 양어깨에 짊어지고 몇 번이고 산과 집을 들락날락했고, 그 결과 20개 넘는 통나무가 집 앞에 쌓여 있었다.

"형, 이걸로 우리 집 만드는 거야?"

"집이라고 할 거까지는 없고 그냥 방 한 개 더 만든다고 생각해."

"우와! 형 멋있다."

신체 강화 능력자들이 일반 사람보다 건설 현장에서 몇 배의 돈을 더 받는 이유가 이거였다.

성인 남성 2명이 힘을 합쳐도 들기 힘든 자재들을 한 손으로 거뜬히 들어 올리는 각성자들이었기 때문에 몸값이 비쌀 수밖에 없었다.

하지만 B급 이상의 신체 강화 능력자들이 건설 현장에서 일할 이유가 없었기 때문에 주로 D급 능력자들과 소수의 C급 능력자들이 건설 현장에서 일했다.

통나무가 준비되자 나는 폐허가 된 빌딩 주변을 돌아보며 철근을 모았다.

시멘트로 단단히 고정된 철근을 힘으로 뽑아냈고, 다른 재료들도 빌딩 숲에서 구할 수 있었다.

통나무를 철근으로 엮어 만든 집은 단순한 구조였지만 충분히 몇 명의 동생들이 지낼 만한 공간이 되었다.

아직 보수할 곳은 많이 남아 있었지만, 차차 시간을 들여 보수하기로 마음먹었다.

"오빠, 씨앗을 구해 주실 수 있어요?"

대충 통나무집을 만들고 아무렇게나 앉아 쉬고 있는 나에게 소은이가 물었다.

"씨앗? 무슨 씨앗?"

"농사를 짓고 싶어요. 감자도 키우고, 고구마도 키우고, 채소들도 키우고… 오빠 혼자만 나가서 힘들게 일하시는데 저희도 뭔가 도와주고 싶어요."

소은이의 생각도 맞았다. 언젠가는 자신의 힘으로 독립해야 할 동생들이었기에 농사를 가르치는 것도 좋은 방법이었다.

현재 가장 인기 있는 직종이 헌터라고 한다면 그다음으로 인기 있는 직업이 농부였다.

식료품 가격이 하루가 다르게 비싸지고 있었기에 실력 있는 농부는 큰돈을 만질 수 있었다.

땅의 소유권도 불확실한 지금이었기에 먼저 땅을 선점하는 사람이 주인이나 다를 바가 없었다.

그리고 몬스터의 범람으로 몇 번이나 뒤집어진 땅은 되려 농사를 짓기에는 안성맞춤이었다.

하지만 농사를 하는 사람은 소수뿐이었다.

당장 오늘 당장 먹을 양식도 부족한 판국에 농사를 짓기 위해 곡식을 땅에 뿌린다는 것은 불가능한 일이었다.

일부 여유 있는 사람들이나 사람을 부려 농사를 짓고 있었다.

"한번 구해볼게, 소은아!"

나는 기특한 생각을 한 소은이의 머리를 쓰다듬으며 대답해 줬고 소은이는 초롱초롱한 눈빛으로 나를 보며 꼭 씨앗을 구해달라고 거듭 부탁했다.

　평소 자신의 의견을 잘 표현하지 않는 소은이였기에 어떻게 해서든 씨앗을 구해주고 싶었다.

　소은이가 부탁한 씨앗을 구하기 위해 노력하는 동안 나는 세 번의 몬스터 사냥을 더 다녀왔고 그 돈을 사용하여 여러 종류의 씨앗과 감자 한 보따리를 구했다.

　"자, 이렇게 감자를 반으로 잘라서 따뜻한 곳에 두면 감자에 싹이 터. 그리고 싹을 바닥으로 가게 해서 심으면 되는 거야."

　동생들은 농사보다 당장 감자를 먹고 싶어 하는 눈치였지만 꾹 참고 내가 하는 말을 잘 듣고 있었다.

　농사를 직접 지어본 적은 없었지만 우수한 농사법이 적힌 책들을 여러 권 구입했기에 망설임 없이 농사를 짓기로 결정할 수 있었다.

　감자 농사를 짓기 위해서는 밭을 갈아야 했다. 나는 직접 소가 되어 땅을 갈았다. 그러고는 그 위에 동생들과 함께 감자를 뿌렸고, 다른 곳에는 여러 종류의 씨앗을 뿌렸다.

　"형, 감자가 물 달라고 하는데?"

　"응? 물 달라고? 목말라 우리 형식이?"

　"아니, 내가 아니고 감자가 물 달라고 그래. 형은 안 들려?"

"아니, 감자가 어떻게 말을 한다고 그래?"

"나한테 계속 말하고 있다고, 물 달라고."

나는 형식이의 동심을 부수고 싶지 않았기에 한 통의 물을 감자밭에 뿌렸다.

"형, 저쪽 애들도 물 달라고 막 조르는데. 그리고 저쪽 애들은 나뭇가지 때문에 햇빛을 제대로 못 받고 있다고 가지 좀 치워달래."

형식이가 가리킨 방향은 씨앗을 뿌린 곳이었고 그 위는 큰 나무 한 그루가 자리 잡고 있었다.

치기 어린 동심으로 보기에는 이상함이 느껴졌다.

"형식아, 쟤들이 말하는 것도 들려?"

"응, 들려. 형은 안 들리는 거야?"

나는 알 수 있었다. 형식이는 각성자가 분명했다.

다른 자연계 능력자와는 다르지만, 농사에 특화된 각성자가 분명했다.

"그럼 여기 물 준 애들은 또 뭐라고 그래?"

"그냥 좀 쉬고 싶대. 물 마시고 배불러서 그런지 좀 자고 싶다는데. 다시 일어나면 나한테 지금보다 몇 배나 되는 감자 준다고 그러는데."

형식이의 말을 들어보니 그가 각성자라는 사실을 다시 확인할 수 있었다.

나는 형식이의 말에 따라 농작물들이 원하는 바를 하나씩

다 해주었다.

가지를 치워주고 원하는 양만큼의 물을 주었다.

"이제 얘들 불만이 없대."

해가 지고 나서야 일을 끝낼 수 있었다.

"우리 형식이 고생 많았어."

"내가 무슨 고생이야. 얘들이 참 불만이 많아. 그냥 불편하면 불편한 대로 살면 되지… 그치, 형아?"

나는 형식이의 머리를 쓰다듬고는 목마를 태웠다.

"우리 형식이는 훌륭한 농부가 될 거 같아. 형식이 농사짓는 거 좋아?"

"농사짓는 게 뭔지는 잘 모르겠는데. 얘들 부탁 들어주면 기분이 좋아져."

"그래 앞으로도 얘들이 부탁하는 거 잘 듣고 있다가 형한테 말해줘."

"응, 알았어, 형아."

농사를 짓고 싶다는 소은이의 말 덕분에 형식이의 재능을 발견할 수 있었다.

농사일에 특화된 각성자가 있다는 말을 들어보지는 못했지만, 자연계 능력자도 있는 판국에 농사 능력자가 있다는 건 오히려 당연한 일이었다.

1주일마다 하는 몬스터 사냥과 농사일로 시간은 빠르게 흘렀고, 어느새 회사에 취직한 지 9개월이라는 시간이 흘렀다.

여러 번의 사냥에도 불구하고 아무도 다치는 사람이 생기지 않았고, 우리의 조직력이 강해질수록 더욱 많은 마정석을 모을 수 있었다. 그랬기에 나 또한 처음에 비해 월등히 많은 돈을 벌 수 있었다.

농사일도 형식이 덕분에 큰 문제 없이 수확할 수 있었다.

하지만 나의 수명은 이제 3개월밖에 남지 않았다.

새로운 피가 필요했다.

*   *   *

"사장님, 정찰 다녀오겠습니다."

"그래, 요즘은 몬스터 찾기가 왜 이리 힘든지 몰라. 부탁한다, 용택아."

"걱정하지 마세요. 제가 언제 실망시켜 드린 적 있습니까?"

우리가 사냥을 계속할수록 점점 몬스터를 찾기 힘든 건 사실이었기에 우리가 몬스터 월드에서 사냥하는 데 소요하는 시간은 점점 길어졌다.

그나마 10시간의 제한을 꽉 채운 날이 있긴 했지만, 마정석 없이 돌아오는 날은 없었다.

"그래, 잘 알고말고, 어서 가기나 해. 저번처럼 도어 닫히기 직전에 발견하지 말고."

수명이 3개월밖에 남지 않은 상황이었기에 나는 D급 몬스터 서식지에서 내가 아직 흡수하지 못한 몬스터를 찾아다닌다고 본 업무인 정찰에 소홀할 수밖에 없었다.

그날 이후로 트롤의 모습은 한 번도 보지 못했고, 고블린은 어디에 숨었는지 코빼기도 보이지 않았다.

"젠장, 어디 간 거야? 고블린은 오크 다음으로 흔한 몬스터라고 했는데 왜 안 보이는 거야?"

고블린과 트롤을 찾아 헤맨 지 벌써 1달이 넘었지만 어떤 흔적도 발견하지 못했다.

방향이 틀린 건가?

산맥의 근처에서만 주로 정찰을 했기에 그들을 발견하지 못했을 수도 있다.

트롤은 워낙 귀한 몬스터였기에 마음 한편으로 트롤을 찾는 것은 포기하다시피 했기에 고블린을 찾는 데 집중해야 했다.

오늘은 산맥 쪽이 아닌 숲 쪽으로 방향을 돌려 탐색을 했다.

숲을 탐색하기 시작한 지 1시간이 지났을 무렵 수풀로 가려진 동굴을 발견할 수 있었다.

은신술을 펼쳐 동굴 안으로 들어가자 드디어 고대하던 고블린을 만날 수 있었다.

키가 작을 뿐 인간과 비슷한 생김새를 가진 고블린이었만 나는 한 치의 망설임도 없이 고블린의 뒤로 다가가 목을 찔렀다.

고블린의 목에서 피가 분수처럼 뿜어지기 시작했고 나는 고블린이 숨을 거두기 전에 얼른 목을 물었다.

오우거의 목을 물었을 때와 마찬가지로 혈관을 타고 흐르는 고블린의 피가 느껴졌다.

나는 혈관의 고동이 멈출 때까지 고블린의 목을 물고 있었고 고블린의 생명이 다해서야 고블린을 내려놓고 피가 묻은 입을 닦았다.

"다시 1년을 더 살 수 있는 건가."

고블린의 힘이 무엇인지 확인할 틈도 없이 나를 기다리는 동료들을 위해 오우거 정찰에 나섰고, 나는 두 마리의 오우거를 발견할 수 있었다.

나는 그길로 돌아가 동료들을 불러왔고, 오우거들은 동료들의 손에 마정석만을 남긴 채 숨을 거두었다.

나는 마트에서 간단한 식료품을 사고 집으로 돌아와 고블린의 힘에 대해 알아보고자 했지만, 도저히 알 수가 없었다.

힘이 강해진 것도 아니고 민첩성이 빨라진 것도 아니고 몸에서 독의 기운이 나오지도 않았다.

'수명이 1년 늘긴 늘었지만, 능력이 뭔지 알 수가 없네.'

몬스터 백과사전을 여러 번 다시 읽어보았지만 고블린의 능력에 대한 단서를 찾기 힘들었다.

"오빠, 옆집 아주머니가 김치 주셨어."

감자를 생각보다 많이 수확했기에 나는 주변 사람들에게 감자를 시중의 절반도 되지 않는 가격으로 팔았고 그에 고마

움을 표하는 마을 사람들이 성의의 표시로 음식을 나눠 주곤
했다.

얼마 만에 보는 김치던가.

아직 익지 않은 김치였지만 신선한 배추의 아삭함만으로
충분히 입맛을 돋우는 음식이었다.

"조금만 더 익었으면 더 맛있을 거 같은데. 그치?"

"응, 김치찌개 먹고 싶은데 신 김치가 아니라서 힘들겠지,
형?"

동생 중에 가장 나이가 많은 현수가 김치가 담긴 그릇을 보
며 아쉬움을 나타냈다.

"그래도 이게 어디야. 고기에 올려 먹으면 맛있겠다."

나는 그릇을 돌려줘야 했기에 김치를 집어 우리 그릇에 옮
기려고 했다.

그때 김치에서 신 김치 특유의 톡 쏘는 향이 내 코를 간지
럽혔다.

"응? 김치가 익었는데?"

"어? 진짜네 형. 김치찌개 끓여도 되겠어."

오늘 담근 김치가 갑자기 신 김치가 될 이유는 없었다.

내 손에 닿기 전까진 아삭해 보이던 김치는 어느새 흐물흐
물한 신 김치로 변하였다.

내가 만져서 이렇게 된 건가?

나는 분명 김치를 잡을 때 김치가 익었으면 좋겠다는 생각

을 하며 만지긴 했지만 이렇게 바뀔 줄은 상상도 못 했다.

혹시 고블린의 능력이라는 게 이건가?

나는 확인을 위해 동생들을 위해 사놓은 우유를 꺼내 컵에 따르고는 손가락을 집어넣었다.

"발효되어라. 우유가 치즈가 돼라."

손가락을 넣고 1분도 되지 않아 우유가 응고되기 시작했고 치즈 특유의 냄새가 컵 안에서 났다.

"아니, 고블린의 능력이 발효를 시키는 거야? 이 무슨 얼토당토않은 능력이야!"

전투와는 전혀 상관없는 능력이었기에 필요성을 느끼지 못했다.

하지만 뜻밖에 쓸데가 많았다.

동생들을 위해 요구르트를 만들거나 치즈를 만들었고, 동생들의 반응은 폭발적이었다.

그리고 나 스스로를 위해 발효주도 만들어 먹었다.

많은 양을 만들 수는 없었지만, 사냥을 마치고 자기 전에 한잔할 정도의 양을 만들 수는 있었다.

*　　　*　　　*

형식이의 농사에 대한 능력은 헌터로 치면 B급 이상의 능력 정도는 되는지 텃밭에 자라나는 모든 채소의 크기는 시중에 판매되는 채소의 2배의 크기를 자랑했고 맛 또한 탁월했다.

"형, 저기 있는 토마토는 주기적으로 가지치기를 해달래. 그래야 더 맛있고 큰 토마토를 만들어낼 수 있데."

나는 형식이의 말에 따라 토마토 꽃 밑에 있는 가지를 제외하고는 다 따내었고 토마토는 이전보다 훨씬 빠른 속도로 성장했다.

하루 대부분을 농작물과 보내는 형식이의 덕분에 농작물은 병충해 하나 없이 자라났고 우리의 밥상에 오르는 메뉴도 풍성해졌다.

하지만 모든 것이 좋지만은 않았다.

우리는 배고픔에 지친 마을 사람들에게 감자를 헐값에 팔긴 했지만 굶주림에 지친 몇 명의 사람들이 농작물을 훔치기 위해 침입했고, 극소수의 사람은 흉기까지 손에 들고 우리를 위협했다.

"칼 내려놓으세요, 아저씨."

"같이 좀 먹고살자. 너희는 충분히 잘 먹고살고 있잖아. 좀 나눠 줘. 내가 언젠가는 보답해 줄게."

지금 우리 가족들을 향해 칼을 들이밀고 있는 남자는 몬스터 범람 전에 마을의 조폭으로 유명한 사람이었다.

몬스터 범람 이후 술을 구하기가 어려워졌기에 그는 더는 술을 마시지 못했지만, 그의 성격은 하나도 변하지 않았다.

자신이 노력을 하기보단 남의 것을 뺏기 위해 칼을 들었다.

그리고 그의 뒤에는 추악한 말에 유혹당한 몇 명의 사람들이 각목을 들고 서 있었다.

"많이는 안 가져갈게. 그냥 우리 배만 채울 수 있을 정도면 충분해."

그의 탐욕스러운 눈빛에 나는 알 수 있었다.

지금 한번 주기 시작하면 계속해서 그들이 찾아올 것이라는 것을.

그랬기에 단호하게 처단해야 했다.

"제가 헌터인 건 알고 찾아오신 거죠?"

나는 여전히 무기를 들고 서 있는 사람들에게 돌진했고 그들이 휘두르는 각목을 몸으로 맞으며 그들의 몸에 발차기를 꽂아 넣었다.

너무 강한 힘을 주면 뼈가 부서질 수도 있었기에 최대한 약하게 찬 발차기였지만 그들을 쓰러뜨리기엔 충분했다.

"한 번만 더 찾아오시면 이 정도로 끝나지 않을 겁니다."

그들이 돌아가는 모습을 확인한 후에야 나는 동생들이 초조하게 기다리고 있는 집안으로 돌아왔다.

*　　　*　　　*

몬스터보다 더 무서운 존재가 사람이라는 걸 망각했다.

눈에 보이는 농작물들에 대한 욕심에 동생들의 안전이 위험할 수도 있다는 생각이 들자 온몸에 소름이 돋았다.

집 안으로 들어가 보니 아직 겁에 질린 듯 동생들은 방구석에 옹기종기 모여 서로를 부둥켜안고 있었다.

내가 집에 있을 때라면 걱정이 없지만, 일주일에 한 번 나가는 몬스터 사냥에 맞춰 그들이 집에 찾아온다면 약하고 어린 동생들의 힘만으로는 막을 수 없을뿐더러 위험하기까지 했다.

일단 임시방편으로 주변 사람들에게 감자를 건네며 혹시 모를 상황이 오면 도움을 줄 것을 요청하긴 했지만, 마음의 불안감을 떨쳐 낼 수는 없었다.

'차라리 사람들을 더 모아 농사를 지으면 안 될까?'

우리의 범주 안에 더 많은 사람을 모으는 것이다.

그렇게 나는 가장 많은 수확을 올리는 감자 농사를 더 큰 규모로 하기로 마음먹었다.

20가구는 더 먹을 수 있는 감자를 재배하기 위해선 지금보다 훨씬 큰 규모의 밭이 필요 했다.

하지만 오우거의 힘은 농기계가 하는 일을 대신할 수 있었기에 빠른 속도로 땅을 고를 수 있었다. 그리고 나는 밭을 가는 것이 완료되자 동네 사람들을 모았다.

"안녕하세요, 추용택입니다."

부서진 마을의 중심에 위치한 한 초등학교에 나는 마을 사람을 불러 모았다.

이미 값싼 가격으로 감자를 판매한 적이 있었기에 마을 사람들은 나에게 우호적이었고 다들 내 부탁을 듣고 초등학교에 모여들었다.

"용택 군, 무슨 일로 우리를 불렀는가?"

20가구밖에 남지 않은 마을이었고, 건강한 남자가 있는 집은 10가구 정도밖에 되지 않았다. 그래도 감자 농사는 여자도 충분히 할 수 있는 일이었기에 나는 곧장 본론을 꺼냈다.

"제가 감자 농사를 짓고 있는 건 다들 알고 계시죠?"

내가 이야기를 시작하자 마을 사람들은 입을 다물고 나의 목소리에 집중했다.

"잘 알고 있네. 시중 가격의 절반밖에 안 되는 감자를 파는 자네를 우리가 어찌 모를 수 있겠나."

"식료품 가격이 내려갈 생각을 하지 않고 있습니다. 대부분 가정이 하루에 한 끼의 식사를 하기도 힘들지 않습니까. 그래서 제가 여러분들에게 제안을 드리려고 이렇게 찾아왔습니다. 저랑 같이 감자 농사를 짓지 않겠습니까?"

나의 제안에 마을 사람들은 모두 귀가 솔깃해진 듯 이어질 나의 말을 기다렸다.

"처음 씨감자는 제가 모두 준비하도록 하겠습니다. 물론 처음에는 마을 사람 전부가 배불리 먹을 양은 되지 않겠지만 조금씩 농사짓는 양을 키운다면 1년 안에 배곯는 일은 없을 거로 생각합니다."

이미 한 번의 수확을 거친 감자였기에 지하실에는 충분한 감자가 비축되어 있었고 그 감자를 전부 씨감자로 만든다면 마을 사람들 모두가 먹을 수 있는 양의 감자를 수확할 수 있었다. 형식이의 능력이 아니었다면 이렇게 많은 감자를 수확할 수 없는 일이었다.

"그렇게 해준단 말인가? 우리는 아무것도 해줄 게 없는데."

몬스터 범람 전 대학교에서 사학과 교수로 재직했던 김 교수가 나의 말에 고마움을 느끼면서 말했다.

"아닙니다. 단지 제가 바라는 건 단 하나뿐입니다. 혹시나 모를 상황에서 제 동생들의 안전을 지켜주시기 바라는 겁니다."

"그래, 걱정하지 말게나. 우리도 염치가 있지 어찌 받기만 하고 나 몰라라 하겠는가."

본격적으로 마을 사람들을 모아 농사를 짓기로 하자 여러 가지 아이디어들이 튀어나왔다.

감자의 수확 시기 동안은 괜찮지만, 감자가 다 떨어지면 다시 배고픔과 싸워야 하기에 다른 농작물들을 심을 것도 제안했다.

"감자는 5월에서 7월까지 수확하면 되고 고구마는 10월에서 11월에 수확하면 되니까 고구마 농사도 같이 짓는 게 어떤가?"

마을 사람 중에 농사 경험이 있는 사람들도 꽤 있었기에 이야기는 더욱 활발하게 진행됐다.

그들은 그저 하루하루를 견디며 살아왔기에 미래에 대한

계획도, 목표도 없었지만 마을 단위로 같이 농사를 한다는 목표가 생기자 얼굴에서 생기가 돌기 시작했다.

나는 마을 어르신들이 원하는 재료를 폐허가 된 빌딩 숲에서 구하거나 사냥에서 번 돈을 사용해서 구입했다.

현재 대구 지역에서 활동하고 있는 각성자의 수는 300명 정도, 그중 가장 많은 수를 차지하고 있는 D등급의 각성자들은 자신 가족들의 입에 세끼를 넣어줄 능력밖에 되지 않았다.

D등급의 각성자를 고용한 헌터 회사가 드물었기에 그들은 자신의 능력을 그대로 썩히게 마련이었다.

C등급은 되어야 어느 정도 여유 있는 생활이 가능했다. 물론 몬스터 사냥을 나가는 경우에 말이다. C등급의 각성자라 해봐야 대구 지역에서 50명 남짓.

대구 지역에서 인간답게 살아가는 수는 정말 극소수에 불과했고 다른 지역도 이는 마찬가지였다. 그리고 여유가 있는 사람 중에 다른 사람들을 위해 자신의 돈을 풀 사람은 극소수라고 봐도 무방했다.

나는 사냥에서 벌어들이는 돈 대부분을 농사를 위한 도구나 모종을 사는 데 사용했다.

마을 사람들은 이런 나를 알고 있었기에 항상 고마워했고 농사일에도 열심이었다.

그렇게 일 년의 시간이 지나자 나와 마을에 많은 변화가 찾아왔다.

먼저 굶주림에 지친 사람이 더는 생기지 않았다.

병이나 사고로 인해 죽는 사람은 있었지만, 더 이상 아사하는 사람은 우리 마을에는 존재하지 않았다.

그리고 마을 사람들 간의 유대감은 가족과도 같았기에 다른 마을 사람들의 접근이 쉽지 않았다.

농작물들도 처음보다 몇 배는 큰 규모를 자랑했다.

공공자금으로 사용될 일정량의 농작물을 제외하고는 마을 사람 전원에게 동일하게 분배되었고, 지금에 와서는 창고에 쌓인 농작물을 팔아 다른 물건을 사기까지도 할 정도로 풍족해졌다.

하지만 그들의 비교적 여유롭게 변한 삶과 다르게 나는 불안한 하루하루를 보내고 있었다.

수명이 세 달 남았을 때부터는 마음이 조급해지기 시작했다.

다른 종류의 힘을 흡수하지 않는다면 사랑하는 동생들을 두고 죽고 말기에 하루하루가 피 말리는 긴장감에 잠을 제대로 이루지도 못할 정도였다.

그러던 중 수명이 한 달밖에 남지 않았을 때 나는 트롤을 만날 수 있었고, 가까스로 그놈의 힘을 흡수했다.

이번엔 운 좋게 트롤을 만났기에 살아남았지만, 다음도 나에게 운이 따른다고 확신할 수는 없었다.

그랬기에 나는 다시 한 번 헌터 능력 검사장을 찾았다.

"1년 만이네요, 용택 씨."

"네, 오랜만입니다."

"벌써 능력에 변화가 생기셨어요? 이렇게 자주 얼굴 보는 헌터는 처음인 거 같아요."

이번으로 벌써 세 번째 헌터 능력 측정이었다.

이는 헌터 능력 시험장이 생기고 처음 있는 일이라고 했다.

"자, 무슨 힘을 측정하고 싶으신가요?"

"신체 강화 능력이 상승했습니다. 측정 부탁드립니다."

몇 단계의 측정을 마치고 나는 공인 인증을 받은 인증서를 받을 수 있었다.

"와! B등급이에요. D등급에서 1년 만에 B등급으로 올린 각성자는 용택 씨가 처음이에요. 축하드려요."

인증서를 들고 있는 검사관은 도저히 믿을 수 없는 결과에 놀라워했다.

1년 만에 2단계 등급을 올린 경우란 존재하지 않았기에.

하지만 나는 오우거의 힘을 흡수한 적이 있었고 그것이 내게 이 결과를 가져다주었다.

제6장
프리랜서 선언

  B등급 각성자라는 인증서를 받아 들고는 사장이 있는 회사
로 찾아갔다.

  내 생명을 연장하기 위해서는 더 이상 D등급에서 사냥을
할 수 없기에 더 높은, 더 다양한 몬스터가 서식하는 몬스터
도어로 들어가야 했다.

  "사장님, 저 왔습니다."

  언제나처럼 부스스한 머리로 나를 반기는 사장.

  그는 나에게 특별한 존재였다.

  그가 나를 취업시켜 주지 않았다면 나는 공사장을 다니며
일을 해야 했을 것이고 동생들은 아직도 배고픔에 울어야 했

을 것이다.

그런 그에게 오늘 나는 퇴사 통보를 해야만 했다.

"어, 용택이. 오늘은 무슨 일로 왔어?"

2년의 시간 동안 많은 정이 든 우리였기에 사장의 목소리에는 다정함이 묻어 있었다.

그런 그에게 나는 쉽게 입을 떼지 못했다.

"무슨 일인데 이렇게 심각해?"

"저… 사장님, 이것 좀 봐주세요."

내가 건넨 것은 B등급 각성자라는 인증서.

인증서를 받아 든 사장은 내가 무슨 말을 하고자 하는지 대충 알아챈 눈치였다.

그는 구하기 힘들어 웬만해선 피우지 않는 담배 하나를 꺼내 들고는 불을 붙였다.

쓰읍, 후우…….

그가 담배 하나를 다 피울 동안 나는 아무런 말도 하지 않고 그가 내뿜는 연기만을 바라보았다. 더는 담배에서 연기가 새어나오지 않자 사장은 입을 열었다.

"그래 이제 독립하려고? 아니면 공무원 시험을 칠 거야?"

사장은 인증서를 탁자 위에 올려놓고는 어렵사리 입을 열었다.

오랜만에 피운 담배였지만 그의 표정은 밝지 않았다.

"독립할 생각입니다. 다른 회사에 취업하거나 공무원이 될 생각은 없습니다."

여러 명이 같이 다니며 사냥을 하는 헌터 회사나 공무원이 되면 나의 움직임에 지장을 줄 수 있었기에 나는 프리랜서로 활동할 생각이었다.

몬스터의 목에 이빨을 가져다 대는 나를 누가 정상으로 보겠는가?

1년에 한 번만 하면 되는 행위였지만 누군가 본다면 분명 나를 의심할 것이 분명했기에 혼자 사냥을 하고 싶었다.

B등급 이상의 헌터들에게는 몬스터 도어 출입증이 발급되기에 가능한 일이었다.

"그래 B등급이면 충분히 가능하지. 이런, 용택이 네가 없으면 이제 정찰은 누가 하고 후방 지원은 누구한테 맡겨야 하나."

"죄송합니다, 사장님."

"아니야, 네가 죄송할 건 하나도 없지. 능력이 되면 능력에 맞는 일을 해야 하는 거니까. 나도 그랬거든."

그렇다. 사장 또한 B등급의 각성자였다.

"혼자 사냥하면 많이 힘들 거다. 목숨이 위협받는 일도 많이 생기고 무엇보다 매우 외로울 거다."

사장의 경험 섞인 말들이 나에 대한 걱정으로 가득했기에 눈에 눈물이 나도 모르는 사이 흐르기 시작했다.

눈물이 볼을 타고 흐르고 서야 나는 내가 눈물을 흘리고 있다는 것을 알아차렸고 급히 고개를 숙였다.

"잘 알고 있습니다. 그동안 보살펴 주셔서 감사했습니다."

"내가 고맙지. 용택이 네 덕분에 사냥 쉽게 할 수 있었어. 그래 어디 사냥터부터 갈 생각이냐?"

"먼저 C등급 몬스터 서식지를 다닐 생각입니다."

"C등급 사냥터라."

사장은 자리에서 일어나 선반에 꼽힌 노트 한 권을 꺼내 들었다.

그 안에는 사장의 경험을 정리해 놓은 정보들이 빽빽이 적혀 있었다.

몬스터에 관한 내용부터 간략한 지도까지 그려져 있었다.

"도움이 될 거다. C등급 몬스터 서식지에서 내가 만난 몬스터의 종류와 약점들을 정리해 놓은 거야. 이거 사려고 해도 못 사는 귀한 거니까 아껴 봐라."

시중에서 판매하고 있는 몬스터 백과사전은 대략적인 정보만을 적어놓았기에 사냥에는 크게 도움이 되지 않았다.

하지만 B급 헌터가 직접 경험하고 본 내용을 적은 이 노트는 정말 값진 물건이었다.

"금방 옮겨 적고 다시 드리겠습니다."

나는 이런 귀한 선물을 받기에 매우 미안했지만, 노트의 내용이 나에게 정말 필요했기에 필사하고 돌려줄 생각이었다.

"아니야. 난 더는 필요 없는 노트니까 용택이 네가 가져가.

난 이제 죽을 때까지 D등급 몬스터 서식지에서 평생을 보낼 생각이거든."

나는 사장이 건넨 노트를 품에 꼭 안았다.

노트 안의 내용도 중요했지만, 사장의 마음이 더욱 고마웠기 때문이다.

"그래, 종종 찾아오고, 궁금한 거 있으면 물어보고 그래. 앞으로 안 볼 사이도 아닌데. 사내놈이 무슨 눈물이 그렇게 많아."

나의 눈에서 또 한 번 눈물이 흘렀던지 사장은 타박 섞인 말로 나의 눈물을 멈추게 하였다.

"네, 자주 찾아뵙도록 하겠습니다."

"그래, 배웅은 안 나갈게. 조심히 가."

"네, 건강하세요, 사장님."

회사 빌딩에서 나오는 순간까지 쉴 새 없이 눈에서 흐르던 눈물을 닦을 생각도 못 하고 나는 바보처럼 멍하니 빌딩을 바라보고 서 있었다.

'이 은혜 꼭 갚겠습니다. 그동안 감사했습니다, 사장님.'

나는 사장이 있는 빌딩을 향해 고개를 숙였다.

몬스터 도어 출입증을 받는 데에는 오랜 시간이 걸리지 않았다.

이미 B등급 각성자 인증서를 받았기에 지역 몬스터 도어 관리소에 신청만 하면 되는 일이었다.

내가 B등급의 각성자가 되었다는 소문을 어디서 들었는지 하루에 몇 번이고 회사 입사 권유를 받았다.

불과 2년 전만 해도 수십 개의 회사 면접에서 떨어진 경험이 있었지만 지금 반대의 입장이 되었다.

C등급 몬스터 도어는 D등급 몬스터 도어와 크게 다르지 않았다.

단지 더욱 많은 인원이 주변을 지키고 있었고 열 겹의 안전장치로 구성되어 있는 것만 빼면 말이다.

나는 몬스터 도어 관리자에게 출입증을 보여주었다.

"여기 출입증입니다."

몬스터 도어에 출입하는 헌터는 한정적이었기에 몬스터 도어 관리자는 자신이 모르는 새로운 헌터의 방문에 반가워했다.

"안녕하세요. 소문은 들었습니다. B등급 헌터라면서요."

그 또한 나에 대한 소문을 들었던지 알은 척을 하며 문을 열어주었다.

"잘 알고 계시겠지만 몬스터 도어에서 마정석을 가지고 나오면 무조건 저희에게 넘기셔야 합니다. 몰래 마정석을 반출하시면 그에 따른 조치가 취해진다는 걸 알아주시기 바랍니다."

오늘은 C등급 몬스터 서식지를 구경할 생각이었다.

아직 수명이 10개월은 남아 있는 상황이기도 했기에 급하지는 않았다.

동생들과 쓸 돈도 어느 정도 남아 있었기에 마정석을 구한다는 생각보다는 정찰이 목표였다.

항상 옆을 지켜주던 동료 없이 혼자 몬스터 도어에 들어서자 무언가 두고 온 듯한 마음이 들었다. 사장이 말한 외롭다는 의미를 벌써 느낄 수 있었다.

하지만 앞으로는 혼자 움직여야 했기에 애써 감정을 떨쳐내려고 했다.

"자, 구경 한번 해보자."

                    *   *   *

C급 몬스터 서식지 안의 몬스터 월드는 D급과 크게 다르지 않았다.

몬스터 월드 특유의 눅눅한 공기 때문인지 몸이 처지는 것만 제외하면 컨디션도 최상이었다.

'슬슬 움직여 볼까.'

오늘은 가볍게 주위만 둘러볼 생각이니 갑자기 몬스터를 만나는 일이 없기를 바랄 뿐이었다.

10분 정도 주위를 둘러봤을 뿐인데 많은 수의 오크를 발견할 수 있었다.

확실히 D급 몬스터 서식지보다 많은 수의 몬스터가 서식하고 있었다.

그러니 높은 등급의 헌터들이 높은 등급의 몬스터 서식지를 선호하겠지.

1시간가량 주위를 둘러보자 간간이 오우거도 볼 수 있었다.

집단으로 움직이지 않는 오우거의 특성을 무시한 채 3~5마리가 무리를 지어 다녔다.

아마 그렇게 다니지 않으면 생명에 위협을 느끼는 듯했다.

"이제 슬슬 돌아갈까? 돌아가기 전에 오크 몇 마리나 잡아야지."

오크 한 마리에서 나오는 마정석의 가격이 1,000만 원 정도였기에 두 마리만 잡아도 남는 장사였다.

파티를 맺고 사냥을 할 때와 혼자 할 때는 달랐다.

헌터 회사에 있을 때는 한 마리에 80만 원 정도 받았는데 이것의 12배가 넘는 금액이었다. 확실히 헌터의 등급 차이로 벌어들이는 금액이 기하급수적으로 늘어나는 걸 다시 한 번 느낄 수 있었다.

오크 두 마리를 잡으면 2,000만 원, 이걸로 가축들 좀 사야겠다.

'농사는 이 정도면 되었으니 고기도 먹고 살아야지. 풀만 먹고 살다가는 마을 사람들 피부도 녹색이 되겠어.'

10분에 한 번꼴로 만나는 오크들이었기에 따로 찾아다닐 필요도 없이 나는 내 주변을 지나가고 있는 오크들에게 다가갔다. 내가 원하던 두 마리의 오크.

"마정석은 잘 들고 다니고 있지?"

오크는 갑자기 자신들의 눈앞에 나타나 알아들을 수 없는 말을 하는 나에게 다짜고짜 몽둥이를 날렸다. 오크라면 수십 번은 넘게 상대해 보았기에 아주 쉽게 몽둥이를 피해냈다.

"진정 좀 하라고. 첫인사치고는 너무 격하잖아."

오크는 다시 나에게 몽둥이로 공격을 시도했고 나는 몽둥이를 가볍게 발로 차 날려 버렸다. 내 발차기에 담긴 힘이 오크의 악력보다 강했기에 오크는 몽둥이를 놓칠 수밖에 없었다. 오크는 손마저 떨고 있었다.

"이렇게 힘이 약해서 밥은 먹고 살겠어? 내가 너 밥걱정 없게 해줄게."

죽이겠다는 말이다.

곧장 다른 오크의 손에 들린 몽둥이를 한 번의 실랑이로 빼앗아 들고는 풀스윙으로 머리를 날렸다. 홈런. 오크의 뇌수가 터져 내 옷을 더럽히기 전에 나는 얼른 몸을 옆으로 날렸고, 그 모습을 멍하니 쳐다보는 수전증 있는 오크의 머리 또한 날려 버렸다.

"마정석 추출조가 없으니 내가 직접 해야 되네. 이게 불편하단 말이야."

마정석 추출 능력을 가진 능력자들은 몬스터의 심장에 있는 마정석을 보다 빠르고 상처 없이 뽑아낼 수 있지만 나는 무식하게 심장 부근을 칼로 쑤셔 뽑아내야 했다.

이렇게 뽑아낸 마정석은 추출 능력자가 추출한 마정석보다 가격이 낮았지만 크게 신경 쓰지는 않았다.

헌터 회사의 입장에서는 대량의 마정석을 한 번의 사냥으로 얻었기에 추출 능력자들이 꼭 필요했지만 나는 추출 능력자를 데리고 다니는 것보다 혼자 사냥하는 것이 더 이득이었다. 굳이 파이를 나누어 먹을 생각은 없었다.

쑤걱쑤걱.

오크의 심장에서 마정석을 추출할 때 어쩔 수 없이 오크의 피가 옷에 묻었다.

뇌수를 옷에 묻게 하지 않게 노력한 게 아무런 필요 없는 동작이 돼버렸다.

우의를 한 개 들고 다녀야 하나? 아니면 도축에 쓰는 옷이라도 하나 구해야 하나?

마정석 추출하는 것은 도축과도 비슷한 일이기에 도축할 때 입는 옷이나 우의를 하나 들고 다녀야겠다는 생각이 들었다.

추출을 마치고 주머니에 마정석을 넣고 있을 때 주변에서 나무가 흔들리는 것이 보였다.

주머니에 마정석을 넣는 것을 포기하고 은신술을 펼쳤다.

내 모습이 사라지자 숲 속에서 수십 마리의 오크가 튀어나왔다. 그들은 고개를 두리번두리번 거리며 나를 찾는 듯했다.

'조금만 늦었으면 저놈들이랑 싸울 뻔했네.'

나는 수십 마리의 오크를 바라보며 뒷걸음질 쳤다.

쿵.

내 등에 딱딱한 무언가가 걸렸다.

살짝 고개를 돌려 확인하니 오우거였다.

그것도 한 마리가 아닌 세 마리의 오우거가 내 등 뒤에 있었다.

수십 마리의 오크와 싸워서는 진다는 생각이 들지 않았지만 오우거라면 말이 달랐다.

무리를 지어 생활하는 오크였지만 자신보다 강한 상대라고 느껴지면 뒤도 돌아보지 않는 오크와는 달리 목숨이 끊어질 때까지 상대를 몰아붙이는 오우거는 힘든 존재였다.

오크와 오우거를 동시에 상대하면서 목숨을 유지할 자신이 없었기에 나는 최대한의 속도로 도어가 있는 곳으로 도망쳤다.

"후… 만만하게 봤다가는 골로 가겠는데."

트롤의 재생력이 있는 몸이었지만 무적은 아니었기에 좀 더 은밀하게 다니기로 마음먹었다.

상처가 생겨도 곧장 재생되긴 하지만 무식한 오우거에게 내 머리를 지킬 자신은 없었다.

도어에서 나오자 처음과 다를 바 없이 웃는 얼굴로 나를 기다리는 도어 관리자가 나를 마중 나와 있었다.

"첫날인데 수확은 좀 괜찮으신 편인가요?"

나는 그에게 말보다 두 개의 마정석을 건넸다.

그런 나의 행동이 무례할 수도 있었지만, 관리자는 말보다 자신의 실적에 영향이 있는 마정석에 더 관심이 있었기에 더 밝은 미소를 하며 말을 이었다.

"오크 마정석이군요. 칼로 도려내서 그런지 흠집이 좀 있군요. 그래도 이 정도면 나쁘지 않습니다. 잠시만 기다려 주세요. 곧장 정산해 드리겠습니다."

나는 돈을 받아 들고는 관리자에게 평소 궁금했던 내용을 물었다.

"이곳을 이용하는 헌터들이 많은 편인가요? '

"2개의 회사와 1명의 헌터가 주로 이용하고 있습니다. 이제 추용택 씨도 이용하니 2명의 헌터가 되겠네요."

"사냥하는 주기가 어떻게 되나요?"

그들과 마주치고 싶은 생각은 없었기에 사냥 일정 조종이 필요했다.

"헌터 회사는 10일에 한 번 사냥하는 편이고 다른 헌터 분은 1달에 한 번 정도 이곳을 찾습니다."

나는 몇 가지 질문을 더 던져 사냥 일정을 세울 수 있었고 이를 도어 관리자에게 알려주었다. 그 또한 알고 있어야 내 사냥에 도움이 되기 때문이다.

"1주일에 한 번 오신다는 말씀이시죠. 알겠습니다."

"네, 그럼 다음 주에 뵙겠습니다."

내가 자리를 뜰 때까지 웃는 그의 모습에 나를 자신의 실적을 올리는 도구로 생각한다고 느껴졌지만 나 또한 원활한 사냥을 위해서는 그의 도움이 필요했기에 아무런 말도 하지 않고 집으로 발걸음을 옮겼다.

*　　　*　　　*

나는 도어에서 나와 마을 사람들이 한창 농사를 짓고 있는 밭으로 향했다.

앞으로 가축 사육에 관한 일들을 상의하고 싶었기에 땀 흘리며 일하고 있는 마을 사람들을 불러 모았다.

그들은 한창 일을 하던 중에 방해하는 나를 귀찮게 느낄 수도 있었지만, 오히려 내 두 손 가득 들린 새참에 기쁜 마음으로 농기구에서 손을 떼고 나에게로 모였다.

"이것 좀 드시고 하세요."

"용택 총각, 오늘 사냥 갔다 왔어? 어이구 이렇게 귀한 걸 다 사 오고."

몬스터 범람 이전에 취미생활로 규모가 있는 텃밭을 가꾸던 조씨 아주머니는 나의 손에 들린 봉지를 가장 먼저 뺏어 들었다.

"네, 오늘 사냥 다녀오는 길에 생각이 나서 좀 사 왔습니다. 어서들 드세요."

"매번 이렇게 도움받기만 해서 어쩌나."

"에이. 그런 생각 하지 마세요. 다 돕고 사는 거죠."

봉지에 든 빵과 우유를 아껴서 먹고 있는 마을 사람들에게 나는 본격적으로 말을 꺼냈다.

"가축 농장 해보신 경험 있는 분 있으신가요?"

"가축 농장? 무슨 가축을 키우려고?"

대학에서 사회학을 가르쳤던 김 교수의 집에서 같이 지내는 신 교수가 먹던 빵을 내려놓고는 내 눈을 바라보며 질문했다.

"언제까지나 풀만 먹고 살 수는 없는 일 아니겠습니까. 가축도 키워야 되지 않겠습니까?"

입을 여는 사람이 아무도 없었다.

도시에서만 생활하던 사람들이라 가축 농장에 대해 아는 지식이 없는 듯했다.

"가축 농장은 몰라도 내가 닭 사육이라면 경험이 있다네."

기계과 교수인 신 교수가 닭 사육에 대한 경험이 있다니 믿을 수 없었지만, 그의 말을 끊지 않고 들었다.

"내가 하던 연구 중에 환풍 시설에 관한 연구가 하나 있었지. 그래서 닭 사육 전문 회사와 연계해서 연구를 진행한 적이 있다네. 몇 년 동안 수업할 때 빼고는 닭 사육장에서 살았었지."

내가 생각했던 돼지나 젖소는 아니었지만, 닭 또한 좋은 생각이었다.

계란으로 할 수 있는 요리는 수십 가지가 넘으니까.

"어떤 방식의 닭 사육입니까?"

"나는 아파트식 닭 사육장을 만들었다네. 많은 양의 닭을 소수의 인원으로 관리할 수 있는 시스템을 만들었지. 그런데 지금은 그 방법이 딱히 필요하지는 않을 것 같네만… 지금은 남아도는 게 땅이지 않은가. 대충 먹이만 주고 방목하면 충분할 것 같네."

그가 설계하고 만든 닭 사육장은 필요 없었지만, 닭을 사육한 적이 있는 그의 지식은 유용했기에 신 교수를 닭 사육장 담당자로 정하였다.

"교수님, 그러면 내일 저랑 같이 닭 사러 가시죠."

"허허, 내가 잘할 수 있을지 모르겠네만 최선을 다해보겠네."

신 교수는 말과는 달리 꽤 자신 있어 보이는 얼굴을 하고 있었다.

닭을 키우기 위해서는 그에 맞는 울타리와 닭의 보금자리를 만들어야 했기에 다시 폐허가 된 빌딩을 뒤지며 재료를 구하고 산에 올라가 필요한 양만큼의 나무를 베어 왔다.

힘쓰는 일은 이제 당연히 내가 하는 일이 돼버린 듯, 마을 사람들은 양어깨에 한가득 짊어지고 온 나무를 받아줄 생각도 하지 않았다.

'너무하네. 나도 사람인데 나를 무슨 농기계로 인식하고 있는 거 아냐?'

그렇다고 해서 마을 사람들의 진심을 모르지는 않았다.

이제 와서는 자신의 가족들보다 나와 동생들을 위해 맛있는 음식을 해서 하나라도 더 먹이려고 하는 그들이었다.

닭을 사는 데는 생각보다 많은 금액이 필요했다.

일단 이번 사냥을 통해 번 금액 대부분을 닭을 사는 데 투자하긴 했지만 이미 만들어놓은 보금자리의 절반도 채우지 못했다.

몬스터 범람이 있은 지 5년이라는 시간이 지났지만 도통 물가가 떨어질 생각을 안 하고 높아져만 갔다.

지금도 거리를 조금만 걸어가면 배고픔에 허덕이는 사람들을 쉽게 발견할 수 있었다.

정부는 그들을 위해 약간의 배식을 할 뿐 다른 도움을 주지 않았다.

아니, 줄 수 없었다.

국가의 곳간마저 말라 버렸기 때문이다. 군대를 운영하기도 벅찬 국가였기에 필수 인원을 제외하고는 강제 전역시켰다.

그것은 우리나라뿐 아니라 전 세계적으로 비슷한 상황을 겪고 있었다.

몬스터의 범람은 전 세계를 초토화시켰다. 산업 시설을 부수는 것부터 시작해서 무분별하게 농작물을 먹어치웠고 사람들을 죽였다.

인류가 생긴 이래 이렇게 인구수가 적었던 적이 있었는지 의문이었다.

"내가 이런 고민해서 뭐하겠어. 닭 살 돈이나 벌어야지."

내가 인류에 대해 고민한다고 해서 바뀔 것은 없었기에 나는 마을을 위해 사냥이나 나갈 생각이었다. 만들어둔 닭의 보금자리가 놀고 있는 것을 볼 때마다 가슴이 아팠다.

어떻게 만든 보금자리인데. 몇 날 며칠을 고생해서 만든 닭집이 놀게 할 순 없다.

"정확히 1주일 만이네요."

생글생글 웃으며 나에게 다가오는 도어 관리자의 얼굴에서 왠지 모를 불쾌감이 느껴져 얼굴에 주먹을 꽂아 넣고 싶었다. 마치 헌터들을 자신의 실적만을 위한 종으로 보는 기분이었다. 하지만 보는 눈이 많았기에 다음으로 기약하고는 도어를 열어줄 것을 요청했다.

"네, 안녕하세요. 도어 열어주세요."

"네, 잠시만 기다려 주세요."

도어가 열리는 것은 매번 볼 때마다 장관이었다.

모든 남자에게 변신 로봇에 대한 로망이 있지 않은가? 도어는 그런 남자의 로망에 부합되는 물건이었다. 몇 번의 변신 과정을 거친 후 몬스터 월드의 모습을 담은 도어가 모습을 드러냈다.

"그럼 오늘도 몸 조심히 다녀오세요. 마정석도 많이 구해 오시길 기원하겠습니다."

첫마디는 몰라도 두 번째 말은 진심이 가득 담겨 있었다.

참 실적에 목마른 사람이네.

"네, 수고하세요."

그의 얼굴을 보면 정말 주먹이 내 의지와는 상관없이 날아갈 것 같기에 그를 보지도 않고 도어로 들어갔다.

도어에 들어가자 눅눅한 공기가 나를 반겼다.

몬스터 범람 이후 몬스터들이 도어를 통해 넘어오려는 경우가 거의 없었다.

무슨 이유인지 아는 사람은 아무도 몰랐지만 여러 학자들이 다양한 의견을 내놓았고 그중 가장 신빙성이 있는 의견은 몬스터의 개체 수 감소로 인한 공격 의지 상실이었다.

포화 상태였던 몬스터 월드에서 먹이 다툼은 날로 심해졌고 도어가 열리는 순간 수많은 몬스터들이 도어를 통해 뛰쳐나왔다.

그렇게 뛰쳐나온 몬스터들과 인간의 전쟁이 시작되었고 어렵사리 우리가 이길 수 있었다.

　그 결과 몬스터 월드는 포화상태에서 안정을 찾았고 도어를 통해 지구로 넘어올 필요가 없어진 것이다.

　이 이론이 맞는지 틀리는지는 모르지만 도어의 안전장치가 없어도 몬스터가 넘어오지 않을 거라는 사실은 변함이 없었다.

　"오늘은 숲 쪽 말고 초원 쪽으로 정찰해 봐야겠어."

　첫 정찰 때는 익숙한 숲 속 방향으로 움직였다.

　사장이 준 노트 안에도 숲 쪽에는 오크와 오우거를 볼 수 있다고 적혀 있었기에 가장 먼저 들렀었다.

　하지만 초원에는 D급 몬스터 서식지에서는 볼 수 없는 미노타우로스가 서식하고 있었기에 그것들을 찾아 나서보기로 했다.

　　　　　*　　　*　　　*

　초원은 숲과는 달리 탁 트인 전망 덕에 시야로 확인할 수 있는 거리가 멀었고, 덕분에 나는 미노타우로스를 찾는 데 오래 걸리지 않았다.

　놈은 딱 보기에도 포악하게 생긴 흉물스러운 모습이었다.

　몸은 헬스장 트레이너 같은 몸의 아주 건장한 모습이었지만 얼굴은 까칠한 털로 도배되어 있었고, 하늘을 향해 치켜뜬 두 뿔은 창처럼 날카로웠다.

놈은 어디서 구했는지 한 손에는 도끼를 들고 있었다.

나무하는 데 쓰면 딱 좋을 듯한 도끼였다. 마을 창고 안에는 있는 몇 자루의 도끼는 날은 닳고 닳아 끝이 뭉툭해져 있었고 교체가 시급한 상황에서 미노타우로스가 들고 있는 도끼는 꽤 쓸 만해 보였다.

난 무리를 벗어나 움직이고 있는 한 마리의 소 대가리 몬스터의 뒤를 쫓았다.

모난 돌이 정 맞는 법이지. 공포 영화를 보면 항상 혼자 떨어져 움직이는 사람이 가장 먼저 살인자와 죽음의 인사를 나눠야 했는데 나는 이렇게 공포 영화에 나오는 살인자의 마음을 이해할 수 있었다.

과도한 힘을 쓰면 은신이 풀어지게 마련이었기에 나는 미노타우로스 뒤편으로 서서 미리 은신을 풀었다.

아직 내가 자신의 뒤에 있는 걸 알지 못하는지 소 대가리 몬스터는 앞만 보고 어딘가로 가고 있었다.

멍청한 소 대가리의 목에 칼을 찔러 넣을까 하다 어디로 가는지 궁금해져 다시 은신을 쓰고는 뒤를 쫓았다.

일행과 완전히 떨어져 미노타우로스가 도착한 곳은 무릎까지 빠지는 늪지대였다.

미노타우로스가 이 먼 곳까지 일행하고 멀어지면서 온 이유를 알지 못했다.

늪지대에 자신의 다리를 빠져가며 계속해서 전진하는 미노타우로스였고 누구를 부르듯이 울음소리를 냈다.

"우어어어어, 우어어어어!"

그 울음소리가 그칠 때쯤 늪지대 가운데서 한 마리의 뱀이 미노타우로스에게 다가왔다.

그리고 뱀은 인간의 모습으로 변하기 시작했다.

미노타우로스는 인간으로 변한 뱀을 안아 들고는 늪지대를 빠져나왔다.

'인간으로 변하는 뱀이라… 본 기억이 나는데……'

아 기억이 났다. 나기라고 했었던 거 같다.

남성체는 나가, 여성체는 나기라고 불리우는 몬스터였다.

미노타우로스와 나기가 무슨 짓을 하는지 궁금했기에 극도로 은신 능력을 펼쳤다.

미노타우로스는 나기를 땅에 내려놓자마자 자신의 몸을 가리고 있던 천 쪼가리를 벗어내었고 나기를 덮쳤다.

'우웩. 내가 몬스터끼리 그 짓을 하는 것을 훔쳐보고 있다니.'

비위가 강한 편인 나였지만 도저히 보고 있을 수 없었다.

인간 형상으로 변한 나기는 아름다운 편이긴 했지만 그렇다고 해서 몬스터가 아닌 건 아니었다.

한창 열을 올리고 있는 그들에게는 미안했지만 더는 보고 있을 수 없었기에 그들을 처리하기로 마음먹었다.

은신을 풀고 그들에게 다가갔지만 얼마나 열중하고 있던지 코앞까지 다가가도 눈치채지 못하고 있었다.

"미안하다."

나는 하나로 겹쳐져 있는 미노타우로스와 나기를 동시에 찔렀다.

위에 있던 미노타우로스의 등에서 피가 뿜어져 나왔지만, 여전히 하체의 움직임을 멈추지는 않았다. 그 짓에 대한 열정 하나만은 대단한 놈이었다. 그랬기에 무리를 벗어나 여기까지 왔겠지.

목숨이 다해서야 미노타우로스의 하체의 움직임이 멈추었다.

하나로 뭉쳐 있는 미노타우로스와 나기를 떼어내기 위해 미노타우로스를 잡아떼었지만 단단한 고리가 엮인 듯 잘 떼어지지 않았다.

차마 눈을 밑으로 둘 수는 없었기에 마정석이 있는 곳만을 바라보며 어렵게 마정석 추출을 끝냈다.

미노타우로스의 전투력은 오우거와 비슷할 정도로, 강력한 힘과 민첩성을 가지고 있는 놈이었지만 이번엔 아무런 힘도 들이지 않고 사냥을 했다.

나기에 대한 정보는 사장의 노트에도 적혀 있지 않았기에 자세히는 알지 못했지만 뱀의 형상이니 독 관련된 기술을 쓸 거라는 예상만 할 수 있었다.

짭짤한 마음에 더는 몬스터 월드에 있고 싶지 않았던 나는 정찰을 포기하고 도어를 통해 돌아왔다. 그리고 환전을 위해 마정석을 관리자에게 건넸다.

"오, 이건 미노타우로스의 마정석이군요. 오크의 마정석보다 훨씬 비싼 물건입니다. 그리고 이건 나기의 마정석으로 보이는군요. 이 또한 미노타우로스의 마정석과 마찬가지로 꽤나 가격이 나가는 물건입니다."

오늘 사냥을 통해 번 돈은 D급 몬스터 서식지에서 3개월은 넘게 사냥해야 벌 수 있는 돈이었다. 우연히 쉽게 얻은 마정석이었기에 성취감이 높지는 않았지만, 주머니가 두둑해지는 것에 기분은 좋아졌다.

"이건 가지고 가도 되죠?"

미노타우로스가 사용하던 도끼 한 자루를 들고 나왔기에 나는 혹시나 싶어 관리자에게 물어봤다.

"네, 가지고 나가서도 괜찮습니다. 세금도 물지 않고요."

마정석을 제외한 다른 물건에 대해서는 일체의 간섭이 없는 듯했다.

나는 일반 도끼의 두 배의 덩치를 자랑하는 도끼를 짊어지고 마을로 돌아갔다.

마을은 이제 어느 정도 사람이 살아가는 분위기를 풍겼다.

동생들과 다른 집 아이들이 뛰어다녔고 다들 한 손에는 고구마를 들고 있었다.

마을 어른들은 밭과 닭 축사에서 맡은 일을 다 하고 있었고, 저녁 시간이 가까웠기에 음식 냄새가 풍겼다.

"식사들 하세요. 너희도 얼른 밥 먹으러 오고."

날이 좋은 날은 몇 안 되는 마을 사람들이 다 같이 모여 식사를 했다.

식사라고 해봐야 밥 한 그릇과 반찬 몇 가지였지만 이전에는 상상도 못 하는 음식들이었기에 다들 즐거운 마음으로 숟가락을 들었다.

"오늘은 특별히 계란국도 끓였으니 맛있게 드세요."

닭 축사를 지은 지 얼마 되지도 않았지만 벌써 알을 낳는 닭들 덕분에 상 위에 반찬이 늘어났다. 달걀을 싫어했던 사람들도 있었겠지만 지금은 영양을 위해서뿐만 아니라 건조한 식단에 달걀은 한 줄기 빛과도 같았다.

"오빠, 다녀오셨어요?"

가장 먼저 나를 발견한 소은이가 나에게 달려왔다.

나는 소은이를 한 손으로 번쩍 들고는 마을 사람들이 식사하기 위해 모인 장소로 걸어갔다.

"다녀왔습니다."

마을 사람들은 내 왼손에 들린 도끼를 보고 눈이 휘둥그레져 쳐다보았다.

"그건 웬 건가?"

"사냥하다가 하나 주웠습니다. 조만간 몇 자루 더 구해 오겠습니다."

마을 청년 중 한 명이 내려놓은 도끼에 관심이 생겼던지 도끼에 손을 얹고는 들어 올리려고 했지만 역부족이었다. 두 손에 힘을 가득 주어서야 겨우 들어 올릴 수 있었다.

"이렇게 무거운 걸 누가 써요."

"음, 그건 그러네."

나는 쉽게 들 수 있는 도끼였기에 다른 사람들 또한 어렵지 않게 사용할 수 있을 거라고 생각했었다.

"날 두 개를 하나로 쪼개면 그럭저럭 쓸 만하겠군."

신 교수 또한 도끼를 들어보고는 말했다.

"이걸 어떻게 쪼개죠?"

"쇠는 일반적으로 1,500도가 넘는 불에 달구면 녹기 시작하는데."

신 교수는 자신의 입으로 내뱉은 말이었지만 주워 담지 못하고 입을 다물었다.

지금 같은 시대에 1,500도가 넘는 불을 만들어내는 곳은 없었기 때문이다.

"내가 한번 생각해 보겠네. 이래 봬도 기계과 교수직만 10년 한 사람이네."

도끼에 대한 걱정은 신 교수에게 미룬 뒤 마을 사람들과 함께 식사하기 시작했다.

아이들 중 아무도 반찬 투정을 하지 않고 밥과 반찬을 싹싹 긁어 먹었고 어른들도 마찬가지였다. 한 끼 식사의 소중함을 잘 알고 있었기 때문에 지금 이 순간이 고마울 뿐이었다.

＊　　　＊　　　＊

미노타우로스의 도끼를 활용할 방법을 찾아낸 신 교수 덕분에 나는 도끼를 구하기 위해 C급 몬스터 도어로 향했다. 몬스터 도어에 도착하자 언제나 재수 없는 얼굴을 하고 있는 관리자가 나를 반겼다.

"안녕하세요, 용택 씨."

평소보다 더욱 활기찬 분위기의 관리자였고 몬스터 도어가 조금은 소란스러웠다.

"오늘은 다른 헌터 회사가 먼저 도어에 들어갔습니다."

그가 활기찬 이유는 헌터 회사와 내가 도어에 찾아왔기에 마정석 실적을 높일 수 있다는 생각 때문인 듯했다.

나는 돌아갈까 생각도 했지만, 이왕 온 김에 오크의 마정석이라도 가지고 갈 생각으로 몬스터 도어에 입장했다.

몬스터 도어에 들어서자 안전 지역을 설정하고 쉬고 있는 헌터 회사 직원들을 만날 수 있었다. 같은 헌터의 입장이었기에 가볍게 인사를 했다.

"안녕하세요."

나의 등장에 조금은 놀란 듯하던 일을 멈추고 나를 쳐다보는 그들이었다.

"안녕하세요. 혹시 추용택 씨인가요?"

"네, 제가 추용택입니다."

무기 하나 없이 편안한 복장의 그들을 보았을 때 마정석 추출조로 보였다.

"소문은 많이 들었는데 이렇게 실제로 보게 되네요. 일 년 만에 2등급 올린 유일한 헌터시라면서요."

그들의 말에 나는 부끄러워 얼버무리며 대답을 했다.

"어쩌다 보니 그렇게 되었습니다."

"정말 대단하세요."

"다른 분들은 사냥을 나가셨나 봐요?"

"네, 숲 쪽으로 오크 사냥을 나갔어요."

내가 묻지도 않는 말들을 쏟아내는 관리자 덕분에 지금 사냥을 나선 헌터 회사에 대한 정보를 어느 정도는 알고 있었다.

30명의 인원으로 구성된 B급 국가 지정 헌터 회사이며 B급 능력자가 3명이나 포함되어 있는 실력 있는 헌터 회사였다.

"그렇군요. 그럼 저도 이만 사냥하러 가보겠습니다."

나는 그들과 몇 마디 말을 더 나눈 후 숲 쪽으로 사냥을 위해 움직였다.

숲은 헌터들의 등장으로 평소보다 요란한 분위기를 풍기고 있었다.

은밀하게 움직이는 헌터들이었지만 그 숫자가 20명이 넘었기에 조용할 수는 없었다.

얼마 있지 않아 요란한 분위기에서 소란스러움으로 바뀌는 숲 속이었다.

사냥이 시작된 듯했다.

다른 헌터 회사의 사냥법이 궁금했기에 은신을 유지한 채 소란스러운 숲 안으로 들어갔다.

"오른쪽 오크 다섯 마리. 1조 바로 공격 들어가고 나머지 인원은 전방에 오크 무리에 집중해.

지원조들은 최대한 발을 묶어."

오크 무리와 오우거까지 포함된 몬스터들을 상대로 사냥하고 있었다.

소수로 움직였던 이전 회사와는 확연히 다른 분위기였다.

흡사 전쟁터의 모습과 비슷했다.

"공격 1조 최대한 빨리 오크 마무리하고 합류해. 오우거의 움직임이 심상치 않아."

한 마리의 오우거를 상대하고 있던 헌터 회사의 리더는 두 마리의 오우거가 무리에 합류하자 다급하게 소리 질렀다.

"오늘 몬스터 회식이라도 잡혔나. 이렇게 많은 몬스터는 처음인데."

이미 열 마리가 넘는 오크가 목을 내놓고 바닥에 쓰러져 있었지만, 그보다 배는 많은 오크가 그들을 둘러싸고 있었고 오우거들은 큰 몸집을 이용해 진형을 무너뜨리고 있었다.

"팀장님, 좌측에 오우거 두 마리가 더 다가오고 있습니다."

진영의 왼쪽을 맡고 있던 한 명이 소리쳤다.

그는 두 마리의 오우거가 자신에게 다가오자 겁에 질려 연신 뒷걸음질을 치고 있었다.

"1조와 2조는 좌측에 있는 오우거를 맡아. 내가 전방에 있는 오우거를 상대하고 있을게."

전투는 점점 치열한 양상을 보이고 있었다. 오크 무리를 사냥할 때만 해도 부상자 하나 없이 사냥하고 있던 그들이었지만 오우거까지 피해 없이 사냥하기는 무리였던지 몇 명의 부상자가 생겨나고 있었다. 아직 죽은 헌터는 없었지만 쉽지 않은 사냥이 될 게 분명했다.

"팀장님, 우측에 오우거 한 마리가 더 보입니다."

"방어조, 최대한 우측 오우거 발을 묶어봐."

공격조들이 좌측으로 빠져 있는 상태였고 팀장으로 보이는 사람도 전방에 있는 오우거를 상대하고 있었기에 우측에서 다가오는 오우거에 대해서는 무방비나 다름없는 상황이었다.

'도와줘야 되나?'

우측에서 다가오는 오우거에 진영의 축이 무너지다시피 하고 있었기에 나는 은신을 풀지 말지 고민되었다.

'그래, 도와주자.'

보이지 않는 상황이라면 모를까 눈앞에 보이는 위험을 모른 척할 수는 없었다.

"오른쪽 오우거는 제가 맡을게요."

생소한 나의 목소리에 팀장은 당황할 만도 했지만 지금은 고양이 손이라도 빌려야 하는 형편이었기에 갑자기 나타난 나에게 도움을 요청했다.

"부탁 좀 하겠습니다."

방어조에 발이 묶여 화가 나 있는 상태의 오우거에게 나는 달려들었다.

오우거의 무식한 몽둥이가 정면을 향해 날아들어 왔고 나는 역방향으로 피하며 오우거의 뒤로 돌아들어 갔다.

"이 무식한 오우거는 어떻게 공격하는 게 바뀌지가 않아."

오우거의 무릎 뒤 오금을 최대한의 힘을 실어 발로 찼다.

일반적인 사람의 공격에는 끄떡도 하지 않는 오우거겠지만 같은 오우거의 힘을 흡수한 나였기에 오우거의 다리는 접힐 수밖에 없었다.

쿵.

오우거의 무릎에 땅에 닿자 나는 그의 목에 나의 팔을 감싸는 동작을 취했다.

일명 헤드록이었다.

오우거의 우악스러운 손길이 나를 떼어놓으려고 했지만 나는 트롤의 재생력을 믿고 그의 손길을 견뎌내었다.

5분이 넘는 실랑이 끝에 오우거의 목에서는 맥박 소리가 더는 들리지 않았다.

하지만 만약을 위해 그의 목에 칼을 쑤셔 넣었다.

"끝났네."

칼에 묻은 피를 털어내고는 주위를 둘러보았다.

이미 전방에 있던 오우거 한 마리는 땅에 쓰러져 있었고 모든 인원이 좌측에 있는 오우거를 상대하고 있었다.

오크들은 둘러싸기만 할 뿐 공격해 들어오지 않고 있었다.

영악한 놈들이었다. 틈이 보일 때까지는 움직일 생각이 없어 보였다.

나는 그들을 마저 도와주기 위해 좌측으로 움직이다 멈춰 섰다.

마지막 한 마리의 오우거마저 복부와 목에서 피 분수를 뿜어냈기 때문이다.

오우거가 쓰러지자 오크들은 몇 번의 시선 교환을 하고는 자신들에게 승산이 없어 보이자 뒤도 돌아보지 않고 달아났다.

"감사합니다. 제일 헌터 회사 팀장 박민재입니다."

옷을 오우거와 자신의 피로 새로 염색한 그는 나에게 악수를 청했다.

그의 손에도 피가 잔뜩 묻어 있었지만 어쩔 수 없이 나도 손을 내밀었다.

"별말씀을요. 추용택이라고 합니다."

"아, 추용택 씨군요. 어쩐지 오우거 사냥하는 솜씨가 일품이셨습니다."

나에 대한 소문이 얼마나 멀리까지 퍼진지 몰라도 주변에 있는 헌터들은 나의 이름을 듣고는 눈을 부릅뜨고 나를 쳐다보았다.

"덕분에 큰 피해 없이 사냥을 마칠 수 있었습니다."

사실이었다. 내가 그들을 도와주지 않았다면 후방조들은 큰 피해를 보았을 게 분명했다.

하지만 티를 낼 수는 없는 일이었기에 겸손을 떨었다.

"저는 그냥 숟가락 하나 얹은 정도밖에 안 되는걸요."

"아닙니다. 정말 큰 도움이 되었습니다. 추용택 씨가 잡은 오우거 마정석에 대한 소유는 전적으로 제가 보장해 드리겠습니다. 그리고 저희 추출조가 마정석 추출 또한 도와드리겠습니다."

오랜만에 마정석 추출을 위해 옷에 피를 묻히지 않아도 되었기에 나는 흔쾌히 그의 말을 받아들였다. 몇 번이고 해본 마정석 추출 작업이었지만 몬스터 심장을 찔러 마정석을 도려내는 일은 반갑지 않은 일이었다.

"여기 있습니다."

칼로 도려내 꺼낸 마정석보다 확실히 상질의 마정석이 내 손에 들어왔다.

"네, 감사히 받겠습니다."

"오늘 사냥을 더 하실 생각이십니까?"

"저도 오늘은 이만하고 돌아갈까 합니다."

"그러시면 저희랑 같이 돌아가시죠. 할 말도 있고요."

그가 나에게 할 말이 무엇이 있겠는가? 스카우트 제의일 게 분명했다.

B급 헌터 보유 수가 헌터 회사의 전투력이었기 때문에 헌터 회사들은 B급 이상의 헌터들을 구하기 위해 안달인 상황이었다.

제7장
던전 사냥

PURE
BRED
HUNTER

도어를 통해 몬스터 월드에서 빠져나오자 관리자는 엄청난 양의 마정석에 함박웃음을 짓고는 곧장 환전해 주었다.

팀장의 양보로 나는 헌터 회사보다 한발 빨리 환전을 받을 수 있었다.

"시간 괜찮으시면 얘기 좀 나누어도 될까요?"

"무슨 말씀을 하실지 대충은 짐작하고 있습니다만 저는 혼자 움직이는 게 편합니다."

미리 그가 말을 꺼내지 못하게 철벽을 쳤다.

하지만 그는 포기하지 않고 자신의 용건을 꺼내었다.

"정말 저희 회사에 들어오실 생각은 없으신지요?"

"네, 없습니다."

조금은 차갑게 말했다. 이럴 때일수록 강하게 나가지 않으면 눌어붙은 껌처럼 귀찮아질 것 같았기 때문이다.

"그렇다면 다음 사냥만 단기 계약을 하실 생각 없으십니까?"

생각지도 못한 제안이었다.

단기 계약이라니. 무슨 생각이지?

"무슨 뜻으로 하신 말씀인지 잘 모르겠습니다."

그는 사람들과 한참 떨어진 곳에서 나와 이야기하는 중이었지만 괜히 주위를 살피고는 작은 목소리로 말했다.

"던전을 발견했습니다. 리치의 연구소로 추정되는 던전입니다."

소문으로만 들었지 한 번도 가본 적이 없는 던전이었기에 나는 조용히 뒷말을 기다렸다.

"정찰을 다녀와 본 결과 골렘과 호문클루스가 입구를 지키고 있었습니다. 그렇게 많은 수는 아니기에 저희 쪽 인원만으로도 충분하다는 계산이 나왔지만 오늘같이 만약의 경우를 대비해서 추용택 씨의 손을 빌리고 싶습니다."

사장의 노트에 적힌 던전에 관한 내용을 요약하면 위험하지만 도전할 가치가 있다는 내용이었다. 몬스터뿐만 아니라 기관 장치까지 설치되어 있는 던전은 일반 필드 사냥보다 훨씬 위험했지만 던전의 주인이 모아놓은 수많은 보석과 마정석을 발견하기만 하면 필드 사냥을 1년은 해야 될 법한 돈을 단 한 번의 사냥으로 벌 수 있는 것이 던전 사냥이었다.

C급 이상의 몬스터 서식지에서 가끔 발견되는 던전은 던전의 주인이 누구냐에 따라 위험도는 엄청난 차이를 보였다.

초창기 A급 몬스터 서식지에 도전했던 최고의 헌터 회사는 드래곤의 던전을 공략한 적이 있었고 100명의 넘는 헌터들이 드래곤의 보물을 위해 던전으로 들어갔지만 살아 나온 사람은 극소수에 불과했다.

그 후 A급 몬스터 서식지의 위험성을 깨달은 정부는 완전 봉인을 결정했다.

하지만 리치의 던전이라면 이미 공략한 사례가 있었다.

"리치의 던전이라. 골렘은 몇 마리나 있었습니까?"

리치가 만들어낸 골렘은 오우거의 힘과 대등했고 돌로 된 몸속의 핵을 부수지 않는 한 무한 재생이 되었기에 매우 까다로운 몬스터였다.

"열 마리 정도로 보였습니다. 더 많은 골렘이 있을 수는 있지만 많아봤자 열다섯 마리 정도로 추측하고 있습니다. 그리고 호문클루스는 서른 마리 정도로 예상하고 있습니다."

호문클루스는 리치의 연구로 만들어진 신체 개조 몬스터였다.

리치의 연금술로 만든 신체에 마정석을 박아 넣어 만든 호문클루스는 성인 절반의 크기로 위협적이지는 않지만, 매우 민첩했기에 귀찮은 존재들이었다.

"지금 당장 대답을 드리기는 어렵습니다."

"다음 주 전까지만 대답을 해주시면 됩니다."

나는 던전 사냥 제안을 받아들이기 전 사장과 의논을 하고 결정하고 싶었기에 대답을 미루었다. 그 또한 지금 당장 대답을 들을 생각은 없었던지 순순히 다음을 기약했다.

오랜만에 사장을 만나러 회사에 찾아가는 길이었기에 두 손 가득 주전부리를 사서 회사에 찾아갔다.

"어머, 용택 씨 오랜만이에요."

"어이, 용택이. 웬일로 다 찾아왔냐. 무슨 고민 있냐?"

사장은 언제나처럼 내 생각을 읽는 듯한 말들로 나를 당황시켰다.

"아니, 그게 아니고 사장님 얼굴을 안 본 지도 오래되었고 해서 찾아왔습니다."

"일단 그건 비서한테 주고 여기 와서 앉아."

나는 두 손을 무겁게 했던 주전부리들을 비서에게 건네주고는 사장의 맞은편 자리에 앉았다. 사장은 무심한 듯했지만 오랜만에 나를 봐서 그런지 기분이 좋아 보였다.

"그래, 무슨 일인데. 우물쭈물하지 말고 바로 본론 꺼내."

"다름이 아니라 사냥을 하다가 우연히 제일 헌터 회사 사람들을 만났는데 그들이 리치 던전 사냥에 함께하자고 해서 사장님의 의견을 듣고 싶습니다."

"역시 나 보려고 온 게 아니었구만. 보자, 리치 던전이라. 제일 헌터 회사라면 충분히 공략 가능할 건데."

"안 그래도 만약을 대비해서 저와 함께하기를 원한 듯합니다."

"그래? 그럼 고민할 게 뭐 있어? 어차피 한 번 하고 말 거 아냐?"

"네, 단기 계약으로 리치 던전만 같이할 것을 제안했습니다."

"그러면 해. 리치 던전이야 해봐야 리치가 있는 경우는 한 번도 본 적이 없으니까. 크게 위험하지는 않을 거야. 내가 리치 던전 사냥은 몇 번 간 적 있는데 노다지야. 리치들의 취미 중 하나가 마정석 모으기거든."

"근데 리치 던전인데. 왜 리치는 없는 거죠?"

"나도 그건 모르지. 근데 말이 리치 던전이지 사실은 골렘 던전이라고 봐야지. 처음 던전을 발견한 사람이 리치에 대한 흔적을 발견해서 리치 던전이라고 부르는 거지. 리치를 실제로 본 사람은 없어."

"그래도 만약 리치가 던전에 있으면 어떡합니까."

"그러면 죽어야지. 수십 번의 리치 던전 공략에서 아무도 리치를 본 적이 없는데 이번에 리치를 만나면 재수 없다고 생각하고 그냥 죽어야지. 리치를 사냥하려면 최소 A급 헌터 2명은 포함된 헌터 조직이 되어야 공략 가능할걸."

"그래요? 설마 리치가 있지는 않겠죠?"

"없어. 내 생각이긴 한데, 리치가 뭐냐? 연구하는 놈들 아냐. 연구를 하려면 얼마나 많은 재료가 필요하겠어? 걔들 재료 모은다고 연구소에 있는 시간이 거의 없어서 그런 거 같아."

사장의 허무맹랑한 이론에 나는 왠지 모르게 믿음이 갔다.

"알겠습니다. 말씀 감사했습니다."

"그래, 가서 보석이나 좀 주워 와라. 마정석이야 반출이 금지되었지만 보석은 괜찮거든. 요즘 보석 시세가 조금씩 오르고 있어. 요즘은 현금보다 금이나 보석이 더 쳐주거든."

"알겠습니다. 보석이 보이면 최대한 집어 들고 오겠습니다."

"그러다가 괜히 헌터 회사랑 시비 붙지는 말고 눈치껏 잘해."

"걱정하지 마세요. 눈치 하면 저 아닙니까."

"그렇다면 다행이고. 헛소리 그만하고 얼른 집이나 가라."

"제가 다음에 찾아올 때는 술 한 병 들고 오겠습니다."

"술?"

사장의 입에서 침이 고였다.

술이라는 단어에 오늘 가장 흥분한 모습을 보이는 사장이었다.

마을 사람들이 충분히 먹고살 만한 양식이 확보되었기에

요즘은 술을 조금이나마 만들고 있었다. 내가 가진 발효 능력을 십분 발휘하면 술 만드는 건 일도 아니기도 했다.

"그래, 꼭 들고 와라."

사장과의 대화를 통해 던전 사냥에 대한 결심을 굳혔다.

골렘과 호문클루스에 대한 호기심과 보석에 대한 욕심도 생겼기에 어느 정도의 위험성은 감수하고서라도 던전에 들어가 보고 싶었다.

"아, 맞다. 오늘 도끼 구하러 간 건데 깜빡했네. 신 교수님이 한 소리 하겠어."

마을에 다다라서야 생각이 난 오늘의 목표였다.

*   *   *

사장을 만나고 다음 날 제일 헌터 회사의 제안을 수락하기 위해 위치를 물어 찾아가려고 했지만 먼저 우리 마을까지 찾아온 박 팀장 덕에 수고를 덜 수 있었다.

"마을이 참 예쁘네요."

박 팀장은 마을에서 뛰어노는 아이들을 바라보며 흐뭇하게 웃고 있었다.

다른 어떤 마을을 가도 이렇게 밝은 분위기를 찾아볼 수 없었기에 그의 미소를 이해할 수 있었다.

"그렇죠? 저도 이 마을을 볼 때마다 마음이 편안해집니다."

한참이나 마을 구경을 하던 박 팀장은 잊었던 자신의 목적을 상기하고는 나에게 질문을 던졌다.

"저희 쪽 제안은 생각해 보셨습니까?"

"참가하도록 하겠습니다. 계약 조건을 알 수 있을까요?"

"일단 선계약금으로 오우거 마정석 하나의 금액만큼을 드리도록 하겠습니다. 그리고 던전에서 발견되는 물건에 대해서는 B급 헌터의 배당금만큼 드리도록 하겠습니다."

나쁘지 않은 조건이기도 하였고 이미 던전에 갈 마음을 먹었기에 곧장 수긍의 의사를 내비쳤다.

"나쁘지 않은 조건이군요. 그럼 몬스터 도어에서 뵙도록 하겠습니다."

던전 사냥 일정까지 며칠이 남아 있었기에 그동안 사장의 노트와 몬스터 백과사전을 보며 시간을 보냈다.

사장의 노트에 적힌 골렘의 약점으로는 일단 머리를 날리면 움직임이 둔해지고 그때를 노려 돌 가죽을 하나하나 벗겨내다 보면 마정석을 발견할 수 있을 거라는 원론적인 파훼법만이 적혀 있었다.

추신으로 적혀 있는 글에는 그냥 골렘을 무시하고 할 일을 하는 게 더 좋은 방법이라고 적혀 있었다.

호문클루스의 경우는 날렵하긴 하지만 공격력이 강하지는 않기 때문에 몰이사냥을 하듯이 잡으면 어려움이 없다고 적혀 있었다.

큰 도움 되는 내용은 없었지만 몇 번이나 노트를 읽어보았다.

사냥을 나가지 않는 날은 농사일을 돕거나 마을을 보수하는 데 시간의 대부분을 사용했다.

워낙 많은 집이 형태조차 남기지 않고 부서졌기에 힘을 쓸 곳이 많았다.

하지만 내 몸은 하나뿐이었기에 아이들이 있는 집을 중심으로 수리를 시작했고 마을 사람들은 거기에 대한 불만은 없었다.

"오늘 형 늦을지도 모르니까 마을 어른들이랑 같이 저녁 먹어, 나 기다리지 말고. 알았지?"

나는 귀여운 동생들의 머리를 한 명씩 쓰다듬어 주고는 몬스터 도어가 있는 방향으로 걸어 나갔다. 이동 시간이 아깝기는 했지만, 아직 차를 굴릴 정도로 여유 있지는 않았기에 어쩔 수 없이 뚜벅이 행세를 해야 했다. 마을에 돈을 쓰지 않는다면 차 한 대쯤 굴릴 수도 있었지만 그러도 싶지는 않았다.

제일 헌터 회사 사람들은 도착해 나를 기다리고 있었다. 그들은 이전에 다니던 회사 사람들과는 달리 각이 잡힌 군대와 같은 모습으로 정렬해 있었다.

그들 중 나를 가장 먼저 발견하고 인사를 건네는 사람은 역시 박 팀장이었다.

"어서 오세요. 기다리고 있었습니다."

"제가 조금 늦었지요. 죄송합니다."

"아닙니다. 딱 정시에 도착하셨습니다. 그럼 바로 출발해도 되겠습니까?"

"네, 저도 따로 준비할 것은 없습니다."

이미 열려 있는 몬스터 도어에 나를 포함해 30명이 넘는 인원이 입장했다.

이전에는 보이지 않던 나머지 B급 헌터들도 오늘은 다 참석했던지 박 팀장의 옆에 두 명의 헌터가 딱 붙어 있었다.

그들의 안내를 따라 도착한 곳은 몬스터 도어에서 2시간은 넘게 떨어진 숲 속이었다.

아무리 둘러보아도 던전으로 보이는 곳은 없었기에 나는 박 팀장을 멍하니 쳐다보았다.

그는 나의 눈빛을 느꼈던지 내 곁으로 다가왔다.

"잠시만 기다려 주세요. 지금 던전 입구를 개방하고 있는 중입니다."

"여기에 던전이 있습니까? 아무리 봐도 던전으로 보이는 곳은 없는데요?"

"지하에 있어서 그렇습니다. 정식 입구는 리치의 마법으로 열리지 않기에 환기 구멍이 있는 곳으로 들어가야 합니다. 지금 그 구멍을 확장하고 있으니 잠시만 기다려 주세요."

박 팀장의 말대로 삽과 해머를 들고 있는 인원들이 보였고 곧이어 시끄러운 굉음이 들려왔다. 돌을 깨부수고 있는지 돌

가루가 주변을 날아다녔다.

"작업 완료했습니다, 팀장님."

삽을 들고 있던 사람이 박 팀장에게 완료 보고를 했고 박 팀장은 출입 전 마지막 진영을 구축했다.

"추용택 씨, 선두를 맡아주실 수 있으십니까?"

진영에서 가장 위험한 자리는 선두와 후방이었다. 그중 선두를 맡아달라는 박 팀장의 요구는 당연하게 느껴졌다. 큰돈을 들여 구한 용병을 위험한 곳에 쓰고 싶은 건 당연한 일이니까.

"네, 제가 선두를 맡겠습니다."

선두라고 해봐야 이미 뚫려 있는 구멍 사이로 선발대가 진입한 후였기에 나는 아무런 걱정 없이 구멍으로 몸을 던졌다. 구멍은 생각보다 깊었던지 한참이나 내려간 뒤에야 평평한 땅을 만날 수 있었다.

선발대가 들고 있는 랜턴 덕분에 던전 안의 모습을 생생히 볼 수 있었고 주변에 널브러져 있는 뼛조각들이 이곳이 위험한 던전이라는 걸 느낄 수 있게 해주었다.

"저 문을 열면 골렘과 호문클루스가 있는 방이 나옵니다."

하나의 길로 되어 있는 던전이었기에 저 방을 통과하지 않는 이상 전진은 불가능했고 우리는 전투 준비를 마친 후 문을 열었다.

끼익.

문은 녹슬어 있는 경첩에서 나는 시끄러운 귀곡성을 내며 열렸다.

불빛 하나 없는 방이었기에 안의 상황을 정확히는 파악할 수 없었다.

"후방조, 방 안을 밝혀라."

후방조 중에 빛과 관련된 각성자가 있던지 랜턴을 사용하지 않고도 밝은 빛을 뿌려댔다.

그 빛을 통해 방 안을 살펴볼 수 있었지만 골렘의 모습은 보이지 않았다.

"이제 시작입니다. 자 다들 전투 준비. 1조는 전방을 향해 전진하고 2조는 우측, 3조는 좌측을 맡는다."

각 조에 1명씩의 B급 각성자가 배치되었고 나는 1조와 함께 전방으로 전진하기 했다.

전원이 방 안으로 들어서자 바닥이 울리기 시작했고 골렘들이 바닥에서 솟아오르기 시작했다. 그리고 귀를 따갑게 만드는 웃음소리.

"꺄하하하하!"

호문클루스의 웃음소리였다. 그들은 단창으로 보이는 무기를 손에 들고는 사방으로 돌아다녔다.

"후방조는 호문클루스의 발을 묶는 데 집중한다. 나머지 인원은 골렘을 공격해라."

골렘은 만들어진 재료에 따라 모습이 다른지 돌로 된 골렘은 오우거만 한 덩치를 자랑했고 흙으로 만들어진 골렘은 좀비와도 비슷한 형상이었다.

정확히 세지는 못했지만, 최소 15기는 넘어 보였다.

아직 깨어난 지 얼마 되지 않았기에 움직임이 둔해 보였고 지금이 공격의 적기였다.

나는 박 팀장의 부탁대로 가장 먼저 골렘을 향해 달려 나갔다.

쾅.

내 발차기가 정확히 골렘의 복부를 향해 날아갔지만 골렘의 몸에는 상처 하나 생기지 않았다. 그렇다고 포기할 순 없었기에 골렘의 팔을 잡고 돌 사이의 틈으로 칼을 집어넣었다.

하지만 칼의 강도가 골렘의 강도를 견디지 못했던지 부서지고 말았다.

"이 무식한 새끼."

오우거보다는 약한 힘이었지만 도저히 공략법을 찾을 수 없었다.

그랬기에 골렘의 두 팔을 잡고는 고개를 돌려 박 팀장의 전투 장면을 지켜보았다.

그는 나처럼 골렘과 힘 싸움을 할 생각이 없었던지 거리를 유지하며 대치했다.

그리고 틈이 느껴지면 해머처럼 생긴 무기로 골렘의 머리통을 부수었다.

머리통이 부서진 골렘은 주춤거리며 움직임이 확연히 둔해졌다.

"지금이다. 1조, 골렘을 분해해라."

1조 중 5명이 박 팀장이 부순 골렘으로 다가갔다. 그러고는 작은 해머로 골렘의 몸뚱이를 분해하기 시작했다. 여러 번의 해머질로 골렘의 몸은 조각이 났고 가슴에서 마정석을 발견할 수 있었다.

"마정석 잡아 뜯어."

골렘의 가슴에서 마정석이 뜯어져 나오자 그제야 골렘은 완벽히 움직임을 멈췄다.

한 마리의 골렘을 잡는 데 소모한 시간은 30분 남짓. 아직도 열 마리가 넘는 골렘이 우리를 향해 다가오고 있었다.

*　　　*　　　*

나는 두 손으로 깍지를 끼고는 골렘의 머리를 향해 휘둘렀다.

쾅!

한 번의 동작으로는 골렘의 머리를 날리지 못했기에 수도 없이 휘두른 다음에야 골렘의 머리를 날릴 수 있었다.

머리가 날아간 골렘의 움직임은 확연히 느려졌고 나는 1조를 불렀다.

"여기도 분해 부탁해요."

이렇게 위험한 상황에서도 내 전투를 멍하니 쳐다보고 있던 1조는 얼른 정신을 차리고 해머를 들고 골렘에게 다가가 분해하기 시작했다.

"용택 씨, 바로 다음 골렘 부탁합니다."

일단 머리를 날리면 머리가 재생되는 동안 확연히 느린 움직임을 보이는 골렘을 처리하는 것은 어렵지 않았다. 단지 머리를 날리기까지의 과정이 힘들 뿐이었다.

"좀 가만히 있어. 머리만 좀 부술게."

두 마리째의 골렘의 머리를 부수고 기다리고 있던 해체팀을 불러 마무리 작업을 시켰다.

골렘의 머리를 날리는 것도 몇 번 하다 보니 점점 익숙해졌고 해체팀이 속도를 못 따라올 정도가 되자 손으로 골렘의 돌가죽을 뜯어내어 마정석을 뽑아냈다.

내 손으로 뜯어낸 마정석이 다섯 마리가 되자 방 안에 움직이는 골렘은 보이지 않았다.

"정말 대단한 힘입니다. 이렇게 맨손으로 골렘 해체를 다 하시고."

박 팀장은 여러 조각으로 분해되어 있는 골렘을 쳐다보고는 말했다.

그 또한 B급의 신체 강화 능력자이긴 했지만, 나처럼 하지는 못했기에 나를 괴물 보듯이 쳐다보고 있었다. 사실 오우거의 힘만 있었다면 나 역시 불가능한 짓이었지만 트롤의 재생력을 믿고 있었기에 가능한 일이었다.

"제가 좀 무식한 편입니다."

농담으로 던진 말이었지만 박 팀장이 격하게 고개를 끄덕거리자 조금 기분이 나빠졌다.

정말로 나를 무식하게 보고 있다는 뜻이었기에.

"호문클루스 처리도 같이 부탁합니다."

얄밉게 움직이는 호문클루스의 발을 묶고 있는 후방조는 이미 기진맥진한 상태였고 우리의 도움이 절실히 필요하였다.

우리는 물고기를 몰이하듯 호문클루스를 벽 한쪽으로 밀어붙여 바퀴벌레 잡듯 발로 짓이겼다. 발에 밟히는 물컹한 기분이 좋지는 않았지만 다른 방법이 없었다.

"에이, 옷 다 버렸네."

나는 호문클루스의 몸에서 나온 액체에 더럽혀진 옷을 대충 털고는 주위를 둘러보았다.

이번 전투로 몇 명의 이탈자가 생겼는지 확인하고 싶었기 때문이다.

뜻밖에 골렘에 의한 피해는 생기지 않았지만 호문클루스를 처리하며 창에 찔린 헌터들이 다리에 피를 흘리며 쓰러져 있었다. 그래도 대부분의 전투조원은 다치지 않은 것으로 보였다.

"이제 저 문을 열고 가면 되는 거죠?"

나는 선두에 서기로 마음먹은 이상 굳게 닫혀 있는 문 또한 내가 열기로 했다.

이런 나의 행동에 박 팀장은 부탁한다는 표정으로 짧게 대답했다.

"네, 부탁합니다."

이 방의 입구에 달린 문보다 훨씬 고급스러운 문을 밀었다. 하지만 자물쇠가 채워져 있었던지 문은 꿈쩍도 하지 않았다.

"이게 잘 안 열리네요."

나는 몸통박치기를 하며 억지로 문을 열려고 했다.

몸통 박치기로도 문이 열리지 않자 발차기 중 가장 강한 뒤돌려차기까지 이용했지만, 문은 요지부동이었다. 천장에서 흙먼지가 떨어질 정도로 강한 공격이었지만 소용이 없었다.

"저, 추용택 씨."

"네?"

땀까지 흘리며 문에 공격을 퍼붓고 있던 나는 박 팀장이 부르는 소리에 몸을 문에 기댄 채 그를 바라봤다.

"그 문 혹시 미닫이문 아닌가요?"

나는 설마 하는 마음으로 문을 옆으로 밀었다.

살짝 힘을 주어 밀었을 뿐인데 문은 가볍게 열렸다.

오우거의 힘을 흡수했더니 머리가 나빠진 건가?

"흠흠."

나는 괜히 헛기침하고는 문안으로 들어갔다.

뒤에서 들리는 웃음소리를 애써 무시했다.

"불을 밝혀."

처음 골렘의 방에 들어갔을 때와 마찬가지로 빛이 방 안 가득 불을 밝혔다.

"와아~"

너나 할 것 없이 입을 벌려 방 안을 구경할 수밖에 없었다.

온갖 금은보화가 담긴 보물 상자가 방 안 곳곳에 있었고 마정석도 적지 않은 수가 쌓여 있었다.

"팀장님, 대박입니다. 저희가 예상했던 것보다 훨씬 많은 양의 보석과 마정석입니다."

처음 예상보다 적은 피해로 많은 양의 보석을 얻게 되었기에 모든 헌터의 얼굴에는 웃음꽃이 만발하였다.

"다들 보석을 하나씩 짊어지도록."

부상자를 제외하고 20명이 넘는 인원이 보석 상자를 짊어졌지만 모든 보석을 옮길 수도 없을 정도로 많은 양이었다.

"다들 두 줄로 도어로 움직인다. 이탈자가 생기지 않도록 특별히 주의하기 바란다."

몬스터 월드에서 보석을 들고 도망갈 곳은 없기에 혹시나 일행을 놓치는 사람이 생길까 봐 걱정하는 박 팀장의 명령이었다.

모든 인원은 두 줄로 맞춰 줄을 섰고 선두에는 나와 박 팀장이, 후미에는 나머지 B급 각성자들이 맡아 일행을 관리했다.

다들 무거운 보석 상자를 등에 지고 있었기에 걸음 소리가 방 안을 울렸다.

골렘이 있던 문 앞까지 도착하자 걸음 소리와 다른 소리가 방 안을 울렸다.

"으아아악!"

비명 소리였다.

나와 박 팀장은 급히 고개를 돌려 후미를 바라보았다.

그곳에는 보석 상자와 함께 조각난 시체가 떠다녔다.

"감히 나의 보금자리를 침범하다니 겁도 없는 녀석들이구나."

조각난 시체가 가라앉을 때쯤 목소리의 주인을 볼 수 있었다.

눈이 있어야 할 곳에 보라색 보석이 대신하고 있었고 검은색 로브로 가리고 있었지만, 몸에는 살점 하나 붙어 있지 않는 존재였다.

"저게 뭐야."

"리치다."

"아니, 리치는 없을 거라면서! 팀장이 우리를 속였어!"

팀장 또한 당황한 기색이 가득했기에 그가 속였다고는 느껴지지 않았다.

불의의 사고일 뿐.

사장의 말이 생각이 났다.

리치를 만나면 재수 없다고 생각하고 그냥 죽어야지.

우리는 재수가 없을 뿐이었다.

"보석을 버리고 도망쳐."

후미를 지키고 있던 B급 각성자 중 한 명은 피를 흘리며 쓰러져 있었고 다른 한 명은 급히 보석 상자를 버리고 우리를 향해 뛰어왔다.

"편히 도망갈 수 있을 거라 생각했나?"

리치는 우리 무리의 우두머리가 나와 박 팀장인 걸 한눈에 알아챘는지 우리를 향해 날아왔다.

"제가 일단 막아볼게요. 다들 도망치세요."

내가 왜 이런 말을 했는지 이해가 가지 않았다.

나는 연신 도망치라는 이성의 말을 듣지 않고 리치에게 달려들었다.

"이 뼈 조각밖에 남지 않은 놈이 어딜."

"감히 날 막을 수 있다고 생각한 건가? 하찮은 존재 주제에."

그의 손에서 검은색의 기분 나쁜 공이 만들어졌고 나의 몸을 향해 날아왔다.

피할 수 없는 속도로 날아오는 검은 구였기에 나는 몸으로 버텨내는 수밖에 없었다.

퍽, 쾅!

검은 구는 내 몸에 부딪히고는 폭발했다.

지금까지 느낀 고통 중에 가장 강한 고통이 내 몸을 지배했다.

구멍 난 배에서 내장들이 쏟아져 내리려는 것을 억지로 손으로 막았다.

이 정도 고통에 기절하지 않은 것이 이상할 정도였다.

구멍 난 배는 트롤의 재생력 덕분인지 눈에 보일 정도로 아물어갔다.

"호, 이 공격을 맞고도 죽지 않다니 대단한데."

나의 목적은 성공했다.

리치의 이목을 나에게 집중시켰으니 다른 헌터들이 도망가기에는 충분한 시간이었다.

단지 나의 목숨을 장담하기 어려운 게 문제일 뿐이었다.

제8장
리치의 실험실

"이것도 한번 받아보거라."

리치는 전보다 더 어두운 빛을 띠는 구를 만들어 나에게 던졌다.

내 가슴팍을 조준해서 던진 듯한 구를 피할 도리가 없었기에 다시 몸으로 견뎌냈다.

"으아아아아!"

살이 타들어가는 고통과 재생되는 과정이 반복되었다.

리치의 손아귀에서 도망가야 했다. 뼈까지 타들어가고 있는 몸을 움켜쥐고 기어갔다.

한 걸음이라도 리치에게서 멀어지고 싶었다.

"이제 시작인데 어딜 가는 겐가."

그의 눈을 대신하고 있는 보라색 보석이 반짝거렸다.

뼈밖에 남아 있지 않는 그의 얼굴이었지만 나에 대한 호기심이 가득하다는 걸 느낄 수 있었다.

콰앙!

연이어 리치의 공격이 나를 때렸다.

다리에 한 번, 팔에 한 번 의사가 촉진하는 것처럼 나의 몸을 세세히 공격하는 리치였다.

"인간처럼 보이는데 재생력이 트롤 급이구나. 연구 가치가 있겠어."

나는 더 이상 기어 다닐 힘도 없었기에 리치를 정면으로 바라보고 누웠다.

어디서 나온 배짱인지 알 수 없었지만 그러고 싶었다.

"날 그냥 보내주면 안 되겠습니까?"

통하지 않을 거라는 건 말을 하기 전부터 알고 있었지만, 혹시나 하는 마음에 물었다.

"내가 제 발로 찾아온 실험체를 놓아줘야 하는 이유가 있는가?"

리치가 흉물스러운 다리를 이용하지 않고 미끄러지듯이 다가왔다.

"일단 따라오너라."

이미 상처는 재생되고 보이지 않는 나의 몸을 한 번 쳐다보고는 뒤돌아서는 리치였다.

지금이 아니면 도망갈 틈이 있을까? 고민할 가치도 없다. 지금뿐이다.

나는 다리에 최대한의 힘을 주어 출구 쪽으로 뛰려고 했다.

하지만 내 몸을 묶는 쇠사슬에 포기할 수밖에 없었다.

"도망가려고 생각을 하는 것은 말리지 않으마. 생각은 자유니까. 하지만 시도를 하다 실패를 하면 꽤 고통스러울 게다."

"도망가려고 한 것 아닙니다. 이 쇠사슬 좀 풀어주세요."

리치와 나의 힘 차이는 극복할 수 없는 간격이 있다는 걸 느꼈기에 최대한 비굴한 얼굴을 하며 동정심을 유발했다.

"그렇다면 다행이고. 어서 따라오기나 하여라."

쇠사슬을 몸에 치렁치렁 매달고 리치의 뒤를 쫓아가는 것 말고는 지금 내가 할 수 있는 일이 없었다. 이성의 충고를 무시하고 리치와 대적한 건 한 번이면 충분했다. 이제부터라도 최대한 이성의 뜻에 따를 생각이었다. 이성은 지금 리치의 말을 무조건 따르라고 충고했다.

리치의 보물 창고에는 비밀의 문이 존재했다.

아마 보물을 보고 눈이 돌아간 침입자에게서 자신의 연구실을 지키기 위해 이렇게 설계한 듯했다.

"여기 누워보아라."

응급실 침대와 비슷하게 생긴 돌 위에 나를 눕히는 리치였다.

침대에 눕자 연구실 주변이 눈에 들어왔다.

온갖 종류의 몬스터들이 박제되어 있었고 장기 일부분이 유리병 안에 담겨 있었다.

나도 조만간 저렇게 되는 건가? 아직 결혼도 못 해봤는데. 동생들 뒷바라지도 해야 하는데.

서글픈 마음에 눈물이 흘렀다.

"아직 안 죽는다. 울지 마라. 아직 실험은 시작도 안 했는데 벌써 이러면 내가 곤란하지 않겠느냐?"

인자한 목소리로 말하는 리치였지만 오히려 더 섬뜩하게 느껴졌다.

뼈밖에 남지 않은 이가 인자한 할아버지의 말투를 쓰다니.

"일단 너의 전체적인 능력을 확인해 봐야겠구나."

리치는 연구실 구석에 설치되어 있는 금고를 열었다.

무슨 복잡한 손동작과 말을 내뱉었지만 기억하고 싶지는 않았다.

금고가 열리자 그 안에는 무수히 많은 도구가 쏟아져 나왔다.

정리와는 담을 쌓고 있는 리치였다.

"여기 있구나. 오랜만에 쓰는 건데 제대로 작동은 할는지 모르겠네."

그가 금고에서 꺼낸 물건은 안경과도 비슷한 물건이었다.

일반적인 안경에 비해 알이 비정상적으로 두꺼운 것만 제외하면 안경과 다를 바 없었다.

"마정석이 다 됐나? 작동을 안 하는구나."

그는 안경테 부분에 박혀 있는 작은 마정석을 떼어내고는 마찬가지로 금고에 들어 있는 마정석 조각을 꺼내 갈아 끼웠다.

"이제야 제대로 작동하는구나."

그는 안경을 끼고는 한동안 나를 가만히 쳐다만 보았다.

"호, 대단하구나. 오우거와 대등한 힘에 트롤의 재생 능력이라. 그리고 고블린의 능력까지 가지고 있구나. 오! 은신 능력까지 있었어. 역시 연구 가치가 있는 놈이었어."

리치의 어깨가 들썩거렸다. 어지간히 신난 듯한 모습이었다.

그 모습을 보고 있는 나는 그와는 반대의 기분을 느껴야 했지만 그런 것까지 신경을 써주지 않는 리치였다.

"이 안경은 말이다, 내가 100년에 거쳐 만든 역작 중의 역작이지. 이 세계에 존재하는 몬스터 대부분을 직접 분석해서 만들어내었지. 안경을 통해 능력이 저절로 분석되어 지표로 나타낸단다."

물어보지도 않은 내용을 자랑스레 떠벌리는 리치의 입을 다물게 하고 싶었지만 그럴 능력이 없었기에 잠자코 듣고 있어야 했다.

"너도 너의 능력을 자세히 알고 싶지? 내가 알려주마. 일단 오우거의 힘이라고 하긴 했지만 오우거 중에서도 갓 성체가 된 놈 정도의 힘이구나. 재생 능력도 트롤에 비해서는 조금 떨어지는 정도고. 하지만 이런 능력을 동시에 가지고 있는 사람은 너 하나뿐이라고 내 장담하마."

그의 인자한 목소리가 연구실을 울릴 때마다 섬뜩한 기분은 더 강해졌다.

"자, 혹시 나에게 말해줄 수 있겠느냐? 어찌하여 그런 능력을 가지게 되었는지? 물론 말 안 해줘도 무방하단다. 실험을 통해 하나하나 알아가는 재미도 있으니."

그가 나의 몸을 헤집는 상상을 했다. 실험실 한편에 구비되어 있는 수십 가지의 연장으로 내 몸을 해부하고 연구일지를 적는 모습이 그려졌다. 그렇게 되고 싶지 않았기에 최대한 자세히 설명했다.

"제가 원래는 은신 능력 각성자입니다. 그러다가 우연치 않은 기회로 오우거의 피를 흡수하게 되었는데 그때부터 살아 있는 몬스터의 피를 흡수하게 되면 그 고유 능력을 흡수할 수 있게 되었습니다."

순혈의 뱀파이어에 대한 이야기를 빼고는 모두 말해주었다.

이렇게 순순히 말하는 나의 모습을 리치는 예상하지 못했던지 아무런 말도 없이 생각에 빠져들었다.

"그렇구나. 그러면 본격적인 실험을 이제 시작해 보자꾸

나. 너에게도 도움이 될 만한 일들일 게다. 내가 가지고 있는 몬스터 사육장에는 너의 능력으로는 도저히 잡을 수 없는 몬스터들이 많단다. 언제 네가 이런 몬스터의 피를 흡수할 기회가 있겠느냐."

몬스터의 힘을 흡수할수록 나의 힘이 강해지는 건 사실이었다.

하지만 그렇게 된다면 나의 수명을 장담할 수 없었다.

1년에 한 종류의 몬스터만 흡수한다는 나의 계획에 차질이 생기게 생겼다.

나는 다급히 그를 불러 세웠다.

"저 리치님, 아니, 제가 어떻게 부르면 될까요?"

"나도 이름 없이 지낸 지가 한참이나 되었구나. 편한 대로 부르거라."

"저보다 나이도 훨씬 많으실 테니 어르신이라고 하겠습니다.

"그러거라."

"제가 말 못 한 내용이 있는데 수명에 관련된 내용입니다."

"계속 말하거라."

"제가 몬스터의 힘을 흡수할 때마다 1년이라는 수명을 더 얻게 됩니다. 만약 지금 여러 종류의 몬스터의 힘을 흡수하게 되면 저는 얼마 지나지 않아 죽게 될 것입니다. 이는 어르신의 연구에 악영향을 미칠 게 분명합니다."

처음으로 누군가에게 내 최대의 약점을 공개했다.

이 방법만이 조금이라도 리치의 손에서 나의 목숨을 연장하는 길이었다.

"나보고 그 말을 지금 믿으라는 게냐?"

내가 살기 위해 거짓말을 한다고 생각하는 리치였다.

정말 큰마음 먹고 약점을 공개한 건데 이런 반응이라니.

"정말입니다, 어르신. 제가 이 상황에서 거짓말을 할 이유가 없지 않습니까?"

"흠, 분석해 보면 알겠지. 여기에 피나 조금 담아보아라."

리치가 건넨 유리병은 2L는 되어 보였다.

무식하게 많은 양의 피를 원하는 리치였지만 그의 말을 들을 수밖에 없었기에 칼을 꺼내 들었다.

몸에 상처가 생기면 금방 재생되는 몸이라 칼로 여러 번 찔러서야 유리병에 피를 가득 담을 수 있었다. 그런 나의 모습을 한순간도 눈을 떼지 않고 지켜보고 있는 리치였다.

스토킹당하는 기분이었지만 신고할 경찰도 없었기에 순순히 눈빛을 받아들여야 했다.

"자, 이제 연구를 시작할 테니 너는 잠이나 좀 자고 있거라. 그리고 눈을 뜰 때쯤이면 연구가 끝나 있을 것이다. 만약 네 말이 거짓이라면 좀 더 과격한 실험이 진행될 거라는 것만 알고 있거라."

"어르신, 하암."

나는 그가 나를 재우지 않으면 좋을 여러 이유를 입 밖으로 쏟아내려고 했지만, 어느새 눈꺼풀은 무거워 지고 하품만이 나왔다.

"자, 이제 시끄러운 놈도 잠재웠으니 본격적으로 연구를 해봐야겠구나."

그는 유리병에 담긴 피를 자신이 만든 분석기 안에 집어넣었다.

분석기는 능력 분석 안경보다 훨씬 많은 정보를 분석해 주었다.

요즘은 안경만으로도 충분히 몬스터의 능력을 분석할 수 있었기에 분석기를 사용하는 것은 오랜만이었다.

1시간이 지나지 않아 분석기에서 불이 들어왔고 분석기의 움직임이 멈추었다.

"자, 확인해 볼까?"

분석기를 통해 알아낸 정보들이 자동으로 옆에 있는 양피지에 적혀졌다.

이 또한 리치의 마법으로 만들어낸 기술이었다.

"나머지 능력은 안경을 통해 다 똑같은데. 알 수 없는 능력이 하나 있구나. 이건 좀 더 연구가 필요하겠어."

그는 다른 측정 장치에 유리병의 피를 부으려고 뼈만 앙상한 손을 가져다 대었다.

"벌써 피가 썩었어? 정말 저놈의 말이 맞는다는 건가?"

썩어 있는 피였지만 그 피를 측정 장치에 집어넣었고 분석되기를 기다렸다.

그리고 분석기와 마찬가지로 측정기의 정보가 양피지에 적혀 나왔다.

"피의 신선도가 최소 2년은 지난 피라는 건가?"

측정기에서 나온 내용을 믿기 힘든 듯 다시 한 번 측정기에 얼마 남지 않은 유리병의 피를 모조리 부어 넣었다.

하지만 결과는 바뀌지 않았다.

"정말이란 말이군. 이 정도의 속도로 피가 부패된다면 저 놈의 말도 신뢰성이 있다는 건데."

10년 만에 느끼는 새로운 것에 대한 희열이 느껴지는 리치였다.

그가 얼마나 살아왔는지는 소수의 존재를 제외하고는 아무도 몰랐다.

물론 몸뚱이는 죽고 없지만 말이다.

그의 연구는 밤낮을 가리지 않았다. 하늘이 어두워졌다 다시 동이 틀 때까지 그는 분주하게 실험실을 뛰어다녔다.

"하아암~"

"일어났느냐?"

"히이이익."

눈을 뜨자마자 들리는 리치의 목소리에 나도 모르게 비명이 튀어나왔다.

그 누구라고 해도 무방비의 상태에서 그의 얼굴과 목소리를 보고 듣는다면 나와 다르지 않은 반응일 것이다.

"어서 일어나거라. 내 어제 네가 한 말을 믿어주마."

각 잡힌 자세로 그의 말을 듣고 있었다.

조금이라도 좋은 인상을 주어야 한다는 생각만이 가득했다.

"감사합니다. 저는 절대 거짓말을 하지 않았습니다."

"그래 알겠으니 따라오너라."

리치가 나를 데리고 나온 곳은 목장이었다.

가축들 대신 몬스터가 우글거리는 몬스터 목장.

"아직 연구할 게 많이 남아 있으니 방해하지 말고 쟤들 밥이나 주고 있거라. 저기 창고에 먹이들 넣어놨으니 잘 분배해서 주거라."

"어르신, 제가 아직 능력이 미천하여 저 많은 몬스터들을 상대로 살아남을 자신이 없습니다."

몬스터 목장 안에는 오크와 오우거를 시작으로 열 종류가 넘는 몬스터들이 자리를 잡고 있었다.

"걱정하지 말아라. 이미 각인을 찍어놓은 상태니 너를 공격할 일은 없을 것이다. 그리고 이걸 발목에 차거라."

리치가 건넨 것은 족쇄였다.

표면에 꼬부랑 문양들이 가득 새겨진 족쇄를 받고 싶은 마음은 하나도 들지 않았지만, 그의 보라색 눈빛을 보고 있자니

하지 않을 수 없었다.

"연구하다 보면 내가 다른 것에 신경을 쓰지 못하는 편이라 혹시라도 네놈이 도망갈지도 몰라 몇 가지 마법을 족쇄에 걸었으니 그런 줄 알고 있거라."

발에 족쇄를 하고 가축들에게 먹이를 주는 장면은 어디서 많이 보던 장면이었다.

서부 영화에서 보던 노예의 삶이었다.

하지만 나에게 다른 선택권은 딱히 없었기에 목동 겸 노예의 삶을 살기 시작했다.

처음에는 흉측한 몬스터의 먹이를 챙겨주는 것에 거부감이 들었지만, 자꾸 보다 보면 정이 든다고 며칠이 지나자 많이 덩치 큰 강아지로 느껴졌다.

"먹이 먹어라. 아이고 착하다."

나는 먹이를 먹는 오우거의 옆구리를 한번 긁어주고는 군침을 흘리고 있는 다른 몬스터에게도 먹이를 챙겨주었다.

노예의 삶에 순응했다고 볼 수도 있었지만, 결코 자유를 포기하지는 않았다.

리치는 정말 연구에 한번 빠져들자 내가 들락날락하는 것에 전혀 신경을 쓰지 않았고 연구 자료에 온 신경을 집중했다.

나는 그런 리치 몰래 그의 라이프베슬을 찾아다녔다.

리치는 자신의 생명의 원천인 라이프베슬을 항아리에 담

아두어 보관한다고 알려져 있었고 내가 지금 살아갈 방법은 그 라이프베슬을 찾아내는 것뿐이었다.

벌써 일주일이나 찾아다녔지만 소득은 없었다. 하지만 오늘 라이프베슬을 드디어 목격할 수 있었다.

"내가 마력 분해기를 어디에 뒀더라?"

목장의 몬스터들에게 먹이를 다 준 뒤 하릴없이 연구실에서 시간을 보내고 있었다.

리치는 내가 연구실 안에 있다는 것도 알지 못하는 듯 연신 혼잣말을 계속하며 연구를 하고 있었다. 그리고 연구 도구를 찾는지 여러 개의 금고를 열었다 닫았다 했다.

그리고 복잡한 주문에 열린 땅 밑에서 라이프베슬이 있다는 걸 발견했다.

"여기 있구나. 내가 왜 마력 분해기를 여기다 뒀지?"

심장이 너무 두근거려 연구실에 더는 있을 수 없었기에 까치발을 하고는 연구실에서 벗어나 목장으로 갔다.

순박한 표정을 짓고 있는 오우거의 옆에 서서 그의 옆구리를 긁어주었다.

오우거는 옆구리가 간지러웠던지 귀여운 웃음소리를 내었다.

"오우거야, 내가 말이야, 드디어 이 지옥 같은 곳을 탈출할 방법을 찾은 것 같아."

내가 무슨 말을 하는지 알아듣지 못하는 오우거였지만 그의 웃음소리는 나를 축하해 주는 듯했다.

*　　*　　*

리치는 나에게 몇 번 피를 요구한 것을 제외하면 다른 어떤 것도 요구하지 않았다.

나는 관심 밖이 되었던지 그는 오로지 자신의 연구에만 집중했고 나는 대부분 시간을 목장 안의 몬스터들과 보내었다.

몬스터 범람 전 나는 쇼생크 탈출이라는 영화를 본 적이 있었다.

주인공은 숟가락으로 벽을 파내어 탈출에 성공했다.

영화로 볼 때는 감동적이었지만 내 손으로 땅을 파내는 일은 고되고 인내심이 필요했다.

나는 숟가락조차 구할 수 없었기에 맨손으로 목장에서 연구실 지하까지 땅을 파기 시작했다. 던전 자체가 지하에 있고 리치의 라이프베슬이 있는 곳은 더 깊은 지하였기에 틈날 때마다 땅을 파내었다.

던전 지하라고 생각되는 곳까지 파내는 데 1주일이 걸렸는데 오우거의 힘이 아니었다면 도저히 불가능했을 것이다.

얼마 남지 않았다는 것을 알았기에 모든 힘을 다해 파내었다. 이른 아침에 시작한 작업이 오후가 넘도록 계속되었다.

픽!

손끝에 닿는 감촉이 달랐다. 흙은 절대 아니었고 바위도 아닌 쇠가 분명했다.

"드디어 도착했구나!"

나도 모르게 큰 소리를 내었기에 흙이 잔뜩 묻은 손으로 급하게 입을 막았다.

흥분해서는 안 된다. 이제 끝이 보이는데 실패할 순 없는 일이다.

라이프베슬을 보관하는 공간이었기에 통짜 쇠로 만들어져 있었다.

도저히 손으로는 뜯어낼 수 없었다.

나는 이런 일을 대비해서 많은 생각을 했었고 그중 가장 실현 가능성이 있는 방법을 시도했다.

바로 고블린의 능력을 사용하는 것이었다.

발효 능력이라고 했지만 뭐든지 썩게 만드는 능력이었다.

쇠 또한 부식되길 기도하며 모든 정신을 손끝에 집중하여 통짜 쇠에 가져다 대었다.

"부식되어라. 녹이 슬어 약해져라."

나는 주문처럼 계속해서 중얼거렸다. 두 눈도 꼭 감은 채 쇠가 부식되기만을 기도했다.

20분은 족히 넘을 시간 동안 가만히 앉아 비밀 금고에 손을 대었고 살며시 눈을 떴다.

퉁, 퉁.

손으로 벽을 쳤다. 확실히 아까와는 다른 감촉이 느껴졌다.

손을 강하게 쳐 내던 반발력이 확연히 줄어들어 있었다.

이 정도면 충분히 뚫을 수 있을 것 같았다.

생각보다 먼저 손이 비밀 금고를 향해 날아갔다.

펑!

모든 힘을 집중해서 내지른 주먹은 비밀 금고와 부딪치며 큰 꽹음을 내었고 비밀 금고는 속살을 내비쳤다.

"성공이다."

나는 손을 휘저으며 라이프베슬을 빼내려고 했지만, 손이 닿지 않는 곳에 라이프베슬이 있었다.

"그래, 이렇게 쉬울 리가 없지."

나는 손을 비밀 금고에서 빼내어 뚫린 구멍을 넓히기 위해 구멍의 양 끝을 잡고 각기 다른 방향으로 쥐어뜯었다.

간신히 몸이 통과할 정도의 구멍을 만들어내었고 머리부터 조심히 구멍으로 집어넣었다.

"자네가 여긴 무슨 일로 찾아왔는가?"

지금 가장 듣고 싶지 않은 목소리가 금고 안에서 들려왔다.

심장이 땅으로 떨어지는 느낌과 함께 머리는 변명을 만들기 위해 엄청난 속도로 회전했다.

하지만 지금 무슨 변명이 필요하겠는가?

리치의 보라색 눈에서는 살기가 느껴지고 있는 상황에서 변명은 아무런 도움이 되지 않는다. 단지 목숨을 건 전투만이 있을 뿐.

"내가 자네에게 얼마나 잘해주었는데 이렇게 뒤통수를 친단 말인가."

무미건조한 그의 말에서 깊은 살기가 내포되어 있었다.

한 손에는 자신의 라이프베슬이 들어 있는 항아리를 들고는 다른 한 손으로 검은색 구를 만들어내는 리치였다.

검은색 구는 이때까지 보아왔던 것과는 차원이 다른 힘이 응축되어 있는지 어두운 색이라기보다는 투명한색으로 보였다.

"어르신, 혹시 지금 하늘에 달이 떠 있나요?"

검은색 구를 여전히 응축하고 있던 리치는 나의 질문에 무심히 대답했다.

죽기 전 마지막 유언이라고 생각하는 듯했다.

"방금 달이 떴겠구나. 달을 보며 죽고 싶은 게냐?

밤이 찾아왔다. 태양의 밝음은 사라지고 밤을 밝히는 달이 하늘을 지키는 밤이 찾아왔다.

"그럴 리가 있겠습니까. 죽고 싶은 마음은 전혀 없습니다."

나는 리치에게 달려들었다. 그는 무식한 나의 행동에 크게 신경 쓰지 않았고 나를 향해 검은 구를 날렸다.

낮에는 도저히 막을 자신이 없는 검은 구였지만 지금은 달랐다.

온몸에 넘치는 힘이 가능하게 했다.

펑!

검은 구가 나의 팔에 막혀 폭발했다. 이전 같으면 내 팔은 산산조각이 나 형체를 알 수 없게 되었겠지만, 지금은 뼈만 보일 정도로 파였을 뿐이었다.

"이제 제 차례입니다."

격투술이라고는 태권도를 배운 게 전부였기에 주먹을 쓰는 것이 익숙하지는 않았지만 강력한 힘이 실린 주먹은 충분히 위협적인 흉기였다.

콰앙!

"크으윽."

리치는 나의 주먹에 담긴 힘을 견디지 못하고 손에 들고 있던 라이프베슬 항아리를 놓치고 말았다.

이 기회를 놓칠 순 없었다. 나는 리치보다 한발 빠르게 항아리를 집어 들었다.

항아리를 집어 든 순간 이때까지와는 전혀 다른 리치의 분노가 느껴졌다.

"내려놓거라. 너 따위가 만질 물건이 아니다."

양손에 검은 구를 만들어낸 리치였지만 쉽사리 검은 구를 뿌리지는 못했다.

자신의 라이프베슬이 부서질 수도 있었기에 신중해졌다.

"일단 손은 내려놓고 말씀하시죠. 제가 겁이 많은 편이라 겁에 질리면 손에 든 물건을 부술지도 모르거든요."

내 말이 끝남과 동시에 리치의 손에서는 검은 구가 사라졌다.

"이제 뒤로 물러서시죠. 저에게 위협적인 모습은 좋지 않을 겁니다."

그는 비밀·금고의 입구를 통해 연구실로 물러섰고 나도 뒤이어 연구실로 들어갔다.

리치가 얼마나 분노했던지 그의 뒤편으로 어둠의 기운이 가득했다.

당장에라도 언데드를 소환하고 마법을 퍼부을 것만 같았다.

"족쇄를 풀어주세요."

나를 제약하고 있는 족쇄를 차고 있는 한 행동이 자유로울 수 없었기에 당연한 요구였다.

그는 가벼운 손동작만으로 나의 발목에 채워져 있는 족쇄를 해체했다.

"한번 말씀해 보세요. 제가 안전하게 이곳을 빠져나갈 방법을요. 만약 마음에 들지 않는 대답을 하시면 이 항아리가 무사할 거라고 장담해 드릴 수 없습니다."

입장은 바뀌어 있었다.

갑은 나였고 을은 리치였다.

이런 나의 말투가 당연히 마음에 들지 않는 리치였겠지만 뼛조각만이 부르르 떨릴 뿐 다른 말을 하지는 않았다.

"그냥 항아리를 내려놓기만 하면 안전하게 돌아가게 해주 겠네. 내 약속하네."

"제가 그 말을 어떻게 믿습니까. 입장 바꿔 생각해 보세 요."

너무 심했나? 만약 그가 라이프베슬을 도외시하고 나에게 공격을 퍼붓는다면 살아날 자신이 없었다. 검은 구는 그가 간 편하게 펼칠 수 있는 기술일 뿐이었다. 그보다 훨씬 강력한 마법이 무궁무진할 게 분명했다. 그를 너무 흥분하게 만드는 건 좋은 방법이 아니었다.

"제 말뜻은 더 좋은 방법을 함께 생각해 보자는 뜻입니다."

"어떤 방법을 말하는 게냐."

"어르신께서 저를 공격하지 못하는 궁극적인 방법 말입니 다. 어르신은 대단한 마법사이시지 않습니까."

"지금 나에게 마나의 계약을 하라는 말이냐? 그 방법을 쓸 바에야 라이프베슬을 포기하고 말겠다."

여러 소설을 보면 리치의 라이프베슬을 인질 삼아 리치를 노예로 쓰는 흑마법사를 자주 볼 수 있었다. 그것이 사실인지 리치는 강력한 거부 의사를 보였다.

"그러면 다른 방법은 없습니까?"

"한 가지 방법은 있다. 약속의 인장을 사용하는 법이지. 이 약속의 인장은 블루드래곤이 만든 마법 아이템 중 하나이지. 약속의 인장을 사용하면 자네가 원하는 바를 이룰 수 있을 것이네."

리치는 금고를 열어 작은 반지 한 쌍을 꺼내었다.

화려한 문양이나 보석은 없었지만, 충분히 아름다운 모습의 반지였다.

"이 약속의 인장을 낀 존재끼리는 절대 공격을 할 수 없다네. 물론 드래곤보다 강력한 정신력을 가지고 있다면 가능하겠지만 그렇지 않다면 서로에게 공격할 의사조차 가지지 못한다네."

＊　　　＊　　　＊

2주가 넘는 시간 동안 몬스터 월드에 갇혀 있었다.

워낙 많은 일을 했기 때문에 짧게 느껴졌지만, 동생들은 그렇게 생각하지 않는 듯 두 눈에 물기를 가득 묻히고 나에게 달려왔다.

"형, 왜 이제 오는 거야. 난 형이 죽은 줄 알았다고."

"오빠, 돌아오셔서 정말 다행이에요."

"내가 그렇게 쉽게 죽을 사람은 아니잖아."

내가 없는 동안 마을의 전체적인 분위기가 다운되어 있

었다.

내가 지원하지 않으면 지금 당장은 괜찮을지 몰라도 조만간 약탈을 당하거나 분열이 될 거라는 것을 누구보다 잘 알고 있는 마을 사람들이었기 때문에 불안감을 안고 지내야 했다.

"잘 돌아왔네. 고생했어."

나이에 어울리지 않게 눈물까지 글썽이며 나를 바라보는 신 교수에서 진심이 느껴졌다.

"제가 없는 동안에 무슨 일 없었죠?"

"다행히 아무런 일도 없었다네. 자네 이전 회사 사장이라는 분이 몇 번 찾아와서 도움을 주고 갔었다네."

사장은 자신의 말 때문에 내가 리치의 던전에 들어갔다고 생각했던지 죄책감이 가득한 얼굴로 마을을 찾아왔다고 했다.

"혹시 제일 헌터 회사에서는 찾아오지 않았나요?"

내가 목숨을 걸고 리치를 막아섰기에 제일 헌터 회사는 최소한의 피해로 도망갈 수 있었기에 약간의 사례라도 하지 않았을까 싶어 물었다.

"사장이라는 분 말고는 아무도 찾아오지 않았다네."

머리 검은 짐승은 도와주는 게 아니라는 말이 생각이 났다.

내가 왜 그들을 도와줬을까?

그래도 나에게 피해를 주지는 않았기에 복수하고 싶은 마음은 없었다.

"그랬군요. 그럼 저 잠시 나갔다 올게요."

"이제 돌아왔는데 어딜 또 나간다는 겐가?"

"아, 멀리 가는 건 아니고 사장님한테 감사의 인사라도 드리려고요. 아직 제가 죽었다고 생각하고 있을 거 아니에요. 어서 생존 사실을 알려야 더 걱정 안 하죠."

"그래 조심해서 다녀오게나. 오늘은 닭이라도 잡아야겠어."

"아닙니다. 제가 돌아올 때 고기 사 올게요. 오늘 마을 잔치나 하죠."

리치의 던전에서 빠져나올 때 빈손으로 돌아온 것은 아니었다.

리치에게는 큰 필요가 없는 마정석 몇 개와 보석 몇 개를 가지고 나왔기에 수중에는 차고 넘칠 정도의 돈이 있었다.

"사장님, 저 돌아왔습니다."

"아니, 용택아! 살아 있었구나. 역시 그렇게 쉽게 죽을 놈이 아니지. 그렇고말고."

사장은 그동안에 마음고생이 심했던지 다크서클이 심하게 내려와 있었다.

항상 고마운 마음이 들게 하는 사장이었다.

"네, 사장님. 제가 맷집 하나는 끝내주지 않습니까. 리치라고 해도 살아 나올 자신은 있다고요."

"그래, 잘 알고말고. 자, 어서 자리에 앉아서 무용담이나 한번 들어보자. 무슨 일이 있던 거냐? 제일 쪽 사람들이 워낙 입을 열지 않아서 자세한 얘기는 하나도 듣지 못했어."

"제일 회사 사람들 너무하네요. 제가 자기들 살리려고 미끼가 됐는데 그새 입 닦아버리네요."

"원래 헌터가 그래. 죽으면 없는 사람 취급하는 거지. 그래서 헌터는 절대 나서면 안 돼. 고마운 줄 모르거든. 그건 그렇고 빨리 리치한테서 어떻게 빠져나왔는지 얘기해 봐."

"이거 보이세요?"

나는 오른손 중지에 낀 민무늬 반지를 사장에게 보여주었다.

리치와 하나씩 나눠 낀 약속의 인장이었다.

"그게 뭔데? 커플링이냐?"

"커플링이라고 볼 수도 있죠. 상대가 리치라는 게 좀 꺼림칙하긴 하지만요."

나는 리치의 던전에서 있었던 일을 세세히 말해주었다.

실험체가 되었던 일과 라이프베슬을 두고 실랑이를 벌였던 일까지.

"그래서 지금 네 손에 끼워져 있는 반지가 약속의 인장이라고? 그런 건 처음 들어보네."

"네, 확실히 드래곤이 만든 보물이긴 한가 봐요. 이 반지를 끼는 순간 서로를 공격할 마음이 하나도 들지 않더라고요. 오히려 호감이 들기까지 하던데요."

"그래, 어찌 되었든 몸 건강히 돌아와서 다행이다."

사장은 무심한 표정을 유지했지만 그가 나를 얼마나 걱정하고 있었는지를 잘 알고 있었다.

빌딩 앞까지 배웅을 나온 그를 가까스로 돌려보내고는 마트에 들러 고기를 잔뜩 구입했다.

"오늘은 고기 파티입니다."

"우와, 고기다."

마을 사람 전원이 먹을 정도의 양은 안 되어 보였지만 다른 요리들도 있었기에 풍족한 식사가 되었다.

"오빠 이제 사냥 안 나가면 안 돼요?"

식욕을 자극하는 고기의 유혹에서 유일하게 벗어나 있는 소은이가 젓가락을 손에 든 채 나에게 물었다.

내가 없는 2주 동안 소은이가 나를 얼마나 걱정했는지는 안 봐도 알 수 있었기에 조용히 소은이의 머리를 쓰다듬어 주었다.

"이제 이런 일은 없을 거야. 걱정하지 마."

그제야 소은이는 고기 한 점을 집어 들었다.

이런 동생들을 두고 죽고 싶지는 않았다. 하지만 사냥을 그만둘 수는 없었다.

죽고 싶지 않았기에.

며칠이 지나 나는 다시 몬스터 도어로 향했다.

나는 내 발을 붙잡고 우는 동생들을 간신히 달래야 했다.

지금 내가 가는 곳은 리치의 실험실이었다.

리치와 싸우고 싶어서는 아니었다. 그의 보물이 탐나서도 아니었다.

그와의 약속을 지키기 위해 가는 것이었다.

"왔는가. 시간에 맞게 왔어."

"어르신도 건강하셨죠?"

리치에게 건강을 묻는 건 조금 이상한 말이긴 했지만, 딱히 인사말이 생각이 나지 않았다.

"허허, 건강하고 말고 할 게 있는가? 긴말하지 말고 어서 실험이나 도와주게나."

처음 약속의 인장을 내민 리치의 말을 믿을 수는 없었지만 다른 방법이 없었기에 나는 리치와 약속의 인장을 나누어 끼웠다.

반지가 내 손가락에 끼워지는 순간 나는 느낄 수 있었다.

리치의 말이 진실이라는 것을.

리치에 대한 원망과 분노는 눈 녹듯이 사라지고 그에 대한 호감이 상승했다.

"네, 피를 뽑아 드리면 되는 거죠?"

그리고 나는 리치의 실험을 도와주기로 했다.

나는 나의 능력을 정확하게 알 수 있게 되고 리치는 자신의 호기심을 채울 수 있는 일이었기에 서로에게 이득이 되는 거래였다.

평소라면 아무리 이득이 되는 일이라고 해도 리치의 실험을 도와준다는 생각을 할 수 없었겠지만, 지금은 약속의 인장 덕분에 서로에 대한 호감이 무척 상승한 상태였기에 가능했다.

"근데 어르신, 블루드래곤은 이 반지, 그러니까 약속의 인장을 왜 만든 거예요?"

나는 유리병에 피를 가득 담아 그에게 건네며 약속의 인장에 관해 물었다.

리치는 유리병을 받아 들고는 지나가는 투로 말을 하기 시작했다.

"블루드래곤은 평소 엘프들과 친분이 있었지. 그리고 평소 아끼던 엘프가 결혼한다는 말에 선물로 약속의 인장을 만들었다고 알려져 있지."

"결혼 선물이라고요? 약속의 인장이 왜 결혼 선물인 거죠? 아무리 생각해도 자신을 죽이려고 하는 상대에게나 쓸 법한 물건인데."

"약속의 인장의 정확한 효과는 서로를 보호해 주고 싶은 마음을 동하게 하는 것이지. 그리고 위치 추적 기능도 있으니 한시도 떨어지고 싶지 않은 신혼부부에게 딱 좋은 기능이 아닌가?"

"아니 그러면 이 반지가 결혼반지라는 말이에요?"

나는 리치와 결혼반지를 나누어 낀 사이가 돼버렸다.

다행인 건 네 번째 손가락이 아닌 세 번째 손가락에 끼웠다는 정도랄까?

*　　　*　　　*

리치와 결혼반지를 나눠 끼워야 되는 끔찍한 일이 벌어지긴 했지만, 그것을 제외하고는 모든 것이 좋았다. 리치라는 조력자를 가지게 되었기에 사냥을 하다 위험한 상황이 발생하면 언제든지 그를 호출할 수 있었다. 약속의 인장은 배우자의 위험을 알려주는 기능도 있었기에. 하지만 아직 리치를 호출하는 일은 생기지 않았다.

굳이 리치를 부르지 않아도 사냥은 순조로웠다.

리치는 실험실 주변을 영역으로 설정하였기에 그보다 약한 몬스터는 접근조차 불가능했다.

많은 수의 몬스터를 상대하다 힘들면 실험실 주변으로 은신하여 도망가면 되기에 사냥을 한층 안정감 있게 할 수 있었다.

"이리 와보거라."

나는 일주일에 두 번 리치의 실험실에 출근 도장을 찍으며 그에게 피를 제공하고 있었다.

오늘도 다를 바 없이 유리병에 피를 담고 있는 나를 리치가 불렀다.

"무슨 일이세요?"

리치는 나를 불러놓고는 금고 안을 뒤지기만 하고 있었다.

"자, 이거 받아라."

그가 건넨 것은 검 한 자루였다.

검 손잡이에 보석이 박힌 것만을 제외하면 수수한 모양을 검이었다.

"이게 뭐예요?"

"드래곤의 심장에 꼽혀 있어 하트 브레이커라고 부르는 놈이지. 재질은 드래곤본이고 자체적으로 마력 방어 기능이 있는 검이지."

"이거 저 주시는 거예요?"

"그래, 가지거라. 점점 강한 몬스터를 상대해야 할 건데. 검이라도 좋은 놈 하나 들고 있어야 되지 않겠느냐."

처음으로 그의 얼굴이 인자한 할아버지의 모습으로 보였다.

약속의 인장 덕분인지 좋은 성능의 검을 받아서 그런지는 모르지만, 보석 박힌 해골인 그가 좋게 보였다.

그에게 받은 검을 사용하고 싶었기에 곧장 주변 사냥터로 나갔다.

내 마음을 알고 있는지 오래 찾지 않아 요우거 두 마리를 발견할 수 있었다.

나는 어디서 뭘 먹고 왔는지 배가 빵빵하게 불러 바위에 기대어 쉬고 있는 오우거 두 마리 중 한 마리의 옆에서 은신을 풀었다.

"방심하면 안 되지."

갑자기 귓가에 들린 나의 목소리에 오우거는 옆에 두었던 몽둥이를 들어 올리려고 했지만 내가 한발 빠르게 그의 가슴에 검을 휘둘렀다.

빠각!

검이 오우거의 가슴뼈를 뚫고 지나갔다.

마치 두부를 자르는 것처럼 오우거의 살과 뼈를 잘라내는 검이었다.

확실히 드래곤의 심장을 찌른 검 맞네.

"우우우 아우아!"

자신의 친구가 이유도 모른 채 요절을 한 상태였기에 옆에서 멍하니 지켜보고 있던 오우거 한 마리가 나에게 뛰어들었다.

내 옆구리를 노리는 오우거의 몽둥이를 머리 숙여 피해내고는 눈앞에 보이는 오우거의 다리를 향해 검을 휘둘렀다.

쓰윽.

메스로 살을 찢는 것처럼 오우거의 다리가 두 조각으로 분해되었다.

"많이 고통스럽지? 금방 끝내줄게."

오우거의 입장에서는 끔찍한 말을 내뱉고는 다리가 잘려 균형을 잃은 오우거의 머리를 날려 버렸다.

두 마리의 오우거를 죽이고는 그들의 심장에서 마정석을 빼냈다.

리치의 실험실에 있는 마정석을 마음대로 가져가도 된다고 했지만, 양심에 가책이 느껴져 처음 한 번만 들고 갔을 뿐 더는 건드리지 않았다.

"마정석은 빼낼 때마다 너무 귀찮단 말이야."

오우거의 뼈를 두부 자르듯이 자르는 검을 이용해도 옷에 튀는 오우거의 피를 어쩔 수는 없었기에 옷에서 악취가 났다.

"어르신한테 마정석 추출기 하나 만들어달라고 할까? 아마 이미 만들어서 가지고 있을 거야."

나는 실험실에 가는 길에 검을 더 실험해 보기 위해 오크 몇 마리를 더 죽여 마정석을 빼낸 후 실험실로 돌아왔다.

"다녀왔습니다."

리치는 나를 슬쩍도 보지 않고 가볍게 손을 들어 인사를 하고는 여전히 실험에 집중했다.

"어르신 혹시 마정석 추출기 같은 거 없어요? 몬스터 마정석 빼내는 게 너무 귀찮네요."

"저기 금고 안에 보면 마정석 추출기 있으니 가져가거라."

나는 리치가 가리킨 방향에 있는 금고를 열었고 여러 개의 물건이 쏟아져 나왔기에 어떤 것이 마정석 추출기인지 알 수가 없어 리치에게 다시금 물었다.

"어떤 건지 잘 모르겠어요. 이거예요? 아니면 이거?"

몇 번의 물음 끝에 나는 과학실에서 보던 삼발이와 비슷한 모양의 마정석 추출기를 발견할 수 있었다.

"이거 어떻게 쓰는 거예요?"

"생명력을 다한 몬스터의 심장 근처에 두기만 하면 저절로 마정석을 추출해 낸단다."

생각보다 간단한 방식의 마정석 추출기를 얻었기에 기분이 좋아졌다.

이거 만들어서 팔면 대박이겠는데. 아! 그러면 마정석 추출하는 사람들 백수가 되려나?

엄한 사람을 백수 만들기는 싫었기에 제작 방법까지는 물어보지 않았다.

"요즘 실험은 잘돼가고 있으세요?"

약속의 인장을 몸소 확인한 후에 나는 내 마지막 비밀까지 그에게 모두 말한 상황이었다.

순혈의 뱀파이어의 얘기를 듣자 그는 책장에 꽂혀 있는 여러 권의 책을 읽고 나의 피를 다시 연구했었다.

"약간의 연구 결과가 나오긴 했다만, 일단 너의 수명이 1년이라는 말을 확인한 수준일 뿐이다. 해결책을 찾고는 있는데 뱀파이어라도 데리고 오지 않는 이상 연구는 더디게 진행될 것 같구나."

"뱀파이어는 어디에 있는데요?"

"뱀파이어는 미궁에 살고 있단다. 여기서 한 달은 걸려야 도착할 수 있는 거리지."

"어르신의 마법으로 순간이동할 수는 없는 건가요?"

"리치로 변하며 백마법에 대한 능력이 떨어져 너를 데리고 거기까지 한 번에 순간이동하는 것은 불가능하단다."

"그러면 거기까지는 걸어서 가는 방법뿐인가요?"

"일단은 그렇단다. 아직 우리에게 시간은 남아 있으니 차차 생각해 보자꾸나."

리치의 말에 따르면 실험실 주변에 서식하고 있는 몬스터의 종은 약 10가지가 된다고 했다.

그 말은 내가 이미 흡수한 몬스터를 제외하고도 7년은 더 살 수 있다는 뜻이다.

"그러면 저에게 주실 건 이 검이 끝인가요?"

금고 안에 들어 있는 다양한 물건들이 나의 이목을 끌었고 나는 그중 하나쯤은 내 것이 될 수도 있지 않겠냐는 생각으로 물어보았다.

금고 안에서 시간만 보내기보단 내 손에서 사용되는 것을 물건들도 좋아할 게 분명했다.

"너 줄건 그거 하나뿐이다. 다른 물건들은 워낙 흑마법의 영향을 많이 받아서 네가 사용하면 미쳐 버리거나 돌아버리거나 둘 중 하나는 되고 말게야."

미친 거와 돈 것의 차이점을 알지는 못했지만, 그의 말뜻은 알아들었기에 금고 안의 물건들에 대한 욕심을 버렸다.

"그러면 저도 어르신처럼 마법을 배우지는 못 하나요?"

"그래 안 그래도 그 말을 하려고 했다. 너의 문제를 해결하는 동시에 마법을 배우는 방법이 하나 있단다."

지금까지 뱀파이어가 필요하다니 연구가 더 필요하다던 그의 말과는 전혀 상반된 말이 나왔기에 나는 놀라 소리쳤다.

"어떤 방법인가요? 진작 말씀하시지. 무조건 합니다."

"정말 하겠는가?"

"무슨 방법인데 이렇게 뜸을 들이세요."

어서 그의 입이 열리기를 바라며 내 목소리가 커졌다.

리치가 이렇게 뜸을 들인 적은 없었기에 조급한 마음으로 다시 한 번 물었다.

*　　　*　　　*

"너도 리치가 되면 된다. 그러면 더는 몬스터의 힘을 흡수하기 위해 바삐 움직이지 않아도 될뿐더러 마법도 사용할 수 있게 될 것이다."

리치의 입에서 나온 말에 한동안 멍하니 그를 쳐다보았다.

지금 살아 있는 사람한테 시체가 되라는 뜻인가?

똥 밭에 굴러도 이승이 좋다고 했지만 뼈다귀만 남은 상태에서 그러고 싶진 않았다.

"어르신, 리치가 되는 건 좀 아닌 거 같은데요."

그럴 줄 알았다는 표정으로 다시 실험에 몰두하는 리치였다.

"싫으면 어쩔 수 없지."

왜인지는 몰라도 약간은 토라진 듯한 그의 말투였지만 아무리 생각해도 리치가 되면서까지 목숨을 연명하고 싶지는 않았다.

"저 마정석 추출기 성능 시험 한번 해보고 올게요."

손에든 마정석 추출기를 당장 시험해 보고 싶었기도 했고 실험실에 계속 있으면 리치가 되면 좋은 점을 나열할 것만 같은 리치에게서 벗어나고 싶기도 했기에 실험실을 나와 몬스터가 우글거리는 곳으로 향했다.

나는 당장에라도 검을 휘두르고 싶었기에 빠른 걸음으로 숲을 탐색했고 열 마리의 오크 무리를 찾을 수 있었다.

"열 마리는 좀 많은가?"

오크 열 마리를 혼자 상대해 본 적이 없었기에 잠시의 망설임이 들었지만 든든한 검이 오크의 피를 보고 싶어 했기에 망설임을 접고 오크에게 달려들었다.

"어이 거기 돼지들."

광역 도발을 시전했다. 한국말을 모르는 오크들이었기에 시선을 끄는 정도의 도발이었지만 그들이 내가 한 말이 무슨 뜻인지 알았다면 더 흥분해서 달려들었을 게 분명했다.

좀 아쉬운데.

하지만 오크어를 배우고 싶은 마음은 전혀 없었기에 아쉬운 마음은 한편에 접어두고 나를 향해 몽둥이를 휘두르는 오크들을 베기 시작했다.

"너희는 왜 하루가 다르게 약해지는 것 같냐?"

강해진 힘과 날카로운 검이 있어 그들이 약해진 것처럼 느껴졌지만, 여전히 오크들은 평범한 인간에게는 목숨을 위협하는 존재였다.

쓰윽, 쿵! 쓰윽, 쿵!

한 번의 휘두름에 한 마리의 오크가 땅으로 쓰러졌다.

나는 오크의 몽둥이를 몸으로 맞으며 차근차근히 한 마리씩 쓰러뜨렸다.

머리로 오는 공격이 아니라면 굳이 피할 필요조차 없이 느껴지는 오크의 공격이었다.

쿵.

마지막 한 마리의 오크마저 땅에 쓰러지자 나는 더러운 오크의 피로 목욕한 검을 오크의 거적때기 같은 옷으로 대충 닦고는 주머니에서 마정석 추출기를 꺼내 들었다.

"그냥 심장 부근에만 두면 알아서 추출한다고 했지?"

마정석 추출기에 달린 세 개의 발을 오크의 심장 위에 두자 추출기는 미세한 진동을 시작으로 강렬히 회전하기 시작했다.

그리고 1분도 되지 않아 오크의 심장 부근을 파내었고 어렵지 않게 마정석을 빼냈다.

추출기가 꺼낸 마정석을 확인해 보았다.

확실히 칼로 도려낸 마정석보다 등급이 높아 보였다. 거의 마정석 추출 능력자들이 빼낸 것과 비슷할 정도였다.

"무슨 마법적인 처리를 한 건가? 방식을 보면 칼로 도려내는 거랑 별로 차이는 없어 보이는데 이렇게 깔끔하게 마정석을 추출하다니 대단한데."

열 마리의 오크의 심장에서 마정석을 추출하는 데 걸리는 시간은 10분이 채 걸리지 않았다.

내가 직접 오크의 심장을 가를 때보다 몇 배는 빠른 속도였고 가장 좋은 점은 오크의 피로 목욕을 하지 않아도 된다는 사실이었다.

오늘 하루만 해도 두 개의 오우거의 마정석과 열 마리의 오크의 마정석을 습득하였기에 더는 사냥을 할 필요가 없었고 리치의 실험 또한 큰 진전이 없어 보였기에 리치에게 간단히 작별 인사를 하고 마을로 돌아왔다.

물론 함박웃음을 짓는 관리자에게 환전도 마치고 두 손 가득히 마을 사람들과 함께 먹을 음식을 사서 말이다.

마을로 돌아와 즐거운 식사를 마치고 한가로이 산책하고 있는 길에 만나고 싶지 않은 사람이 나를 기다리고 있었다.

　생명의 은인을 모른 척했던 그가 어색한 미소로 나에게 인사를 건넸다.

　"오랜만입니다."

　"네, 오랜만이군요. 박 팀장님. 무슨 일로 여기까지 찾아오셨나요?"

　"그때 전해 드리지 못한 계약금을 드리러 왔습니다."

　그가 나에게 건넨 것은 오우거 마정석 가격만큼의 돈이었다.

　나는 정당한 보수였기에 그에게서 돈이 든 주머니를 받아 들었다.

　"죄송합니다."

　그의 입에서 드디어 사과의 말이 나왔다.

　그 말이 그렇게나 하기 힘들었는지 아니면 하기 싫었는지 한참이나 뜸을 들이고서야 입을 열었다.

　"아닙니다. 괜찮습니다. 저도 덕분에 좋은 거 배웠습니다."

　비꼬는 나의 말에 반박조차 하지 못하고 고개를 다시금 숙이는 박 팀장이었다.

　"저는 용택 씨가 리치의 손에서 살아남으실 줄은 정말 몰랐습니다. 만약 살아계신 걸 알았다면 진작 찾아와 고마움을 표했을 겁니다."

그가 하는 말을 도저히 이해할 수가 없었다.

하지만 그의 표정은 진지했고 나는 그의 입에서 나온 말이 지금의 헌터 사회의 현실이란 걸 느낄 수 있었다.

죽어서 이름을 남긴다는 말은 과거의 일이 되었고 살아 있는 자만이 모든 걸 누릴 수 있는 것이 지금의 현실이다.

그렇게 생각하자 그의 행동들이 조금이나마 이해가 갔다.

"괜찮습니다. 그만 가보세요."

한층 풀린 나의 목소리에 박 팀장은 숙였던 고개를 다시 들고는 다른 용건을 꺼냈다.

나에게 사례금을 주기 위해서 여기까지 찾아온 게 아니었다.

"혹시 리치는 어떻게 된 건지 말씀해 주실 수 있으신가요?"

목숨을 잃을 뻔했으면서 아직도 리치의 보물에 대한 욕심을 놓지 못한 그였다.

눈으로 직접 보고 손에 쥐기까지 한 보물들이 꿈에서도 아른거렸을 게 분명했다.

"저도 자세한 것은 모릅니다. 도망치기에 급급해서 다른 건 볼 틈도 없었습니다."

그가 원하는 정보를 주고 싶지 않았다.

만약 그들이 다시 한 번 리치의 보금자리를 침범하게 된다면 저번과 같이 목숨을 연명하는 기적이 일어나지 않을 거라는 걸 알고 있었지만, 경고는 해주지 않았다.

"아, 그렇군요."

그의 눈에서 탐욕을 읽을 수 있었다.

조만간 어르신의 손에서 뿜어져 나오는 검은 구의 모습을 다시 볼 수 있을 것 같았다.

"이제 가보세요. 피곤하네요."

명백한 축객령에 박 팀장은 반쯤 열려 있던 입을 급히 닫으며 발길을 돌렸다.

"그럼 다음에 뵙도록 하겠습니다."

제일 헌터 회사 사람들을 다시 보고 싶은 마음은 없었다.

그러나 그들을 다시 보게 된다면 그것은 그들이 리치의 손에서 죽어가는 모습일 것 같다는 예감이 들었다.

뒤돌아 가고 있는 그의 모습에 죽음의 그늘이 느껴졌기 때문인지, 얼굴을 마주 보고 있었을 때는 도저히 하고 싶지 않았던 경고를 해주었다.

"웬만하면 리치의 던전에 다시 안 가는 게 좋을 거예요."

박 팀장은 그런 나의 말에 고맙다는 듯이 손을 흔들어주었지만, 여전히 그의 얼굴에는 탐욕이 가득했다.

제9장
리치 vs A급 헌터 회사

PURE
BRED
HUNTER

　리치의 실험실에 출근 도장을 찍은 지도 2달이라는 시간이 지났다.

　처음 우려와는 달리 제일 헌터 회사가 리치의 실험실을 찾아오는 일은 생기지 않았다.

　그럼에도 내가 박 팀장의 눈에서 엿본 탐욕은 쉽게 포기할 수 있는 감정이 아니란 걸 알았기에 조만간 그가 리치의 실험실에 방문하리라는 것을 장담할 수 있었다.

　"어르신, 대비 안 하셔도 됩니까?"

　두 달이라는 시간 동안 제일 헌터 회사는 분명 많은 헌터를 모으고 다른 헌터 회사와 연계 작업을 하고 있을 게 분명했다.

그랬기에 온종일 실험에 몰두하고 있는 리치의 안전이 걱정되어 물었다.

"대비? 무슨 대비? 아, 전에 너와 같이 왔던 오크 같은 놈들?"

"오크 같은 놈들이라뇨?"

"동료를 버리고 도망가는 모습이 오크와 다르지 않으니 오크 같은 놈들이지."

그의 설명에 제일 헌터 회사 사람들이 오크와 다르지 않는 걸 수긍할 수밖에 없었다.

하지만 그들이 아무리 오크처럼 보여도 대비를 하긴 해야 했다.

오크 열 마리는 무섭지 않지만, 오크 백 마리가 모이면 상위 포식자를 죽일 수도 있지 않은가?

"다음에 찾아올 땐 저번과 달리 훨씬 많은 수의 사람들과 같이 올 게 분명합니다."

"오크는 열 마리가 오든 백 마리가 오든 오크일 뿐이다."

수백 년을 살아온 리치의 자부심이 느껴지는 말이었다.

"저처럼 어르신의 라이프베슬을 노릴 수도 있지 않습니까."

내가 리치의 약점에 관해 말하자 그제야 하던 실험을 중단하고 나에게로 몸을 돌리는 리치였다.

"나도 학습 능력이라는 게 있단다. 너 같은 경우가 생기지 않도록 라이프베슬을 아무도 찾을 수 없는 곳에 숨겨두었지. 라이프베슬만 안전하다면 그까짓 놈들 수백 마리가 와도 개미 죽이듯이 죽일 수 있다."

그의 해골이 파르르 떨릴 정도로 강하게 말했기에 더는 아무런 말도 하지 않고 어깨만 으쓱거렸다. 그런 나의 모습을 보고는 다시 고개를 돌려 실험에 열중하는 리치였다.

'사람이 걱정돼서 말한 건데 이렇게 무안을 줄 건 뭐람. 그리고 두 달이 넘게 실험하고 있는데 딱히 찾아낸 정보도 없는 거 보면 돌팔이 아냐?'

무심한 그의 모습에 실험실을 벗어나 마을로 돌아왔다.

마을로 돌아가자 나를 기다리고 있는 박 팀장을 만날 수 있었다.

그는 예전에 가졌던 나에 대한 미안함이 희석되었는지 밝은 미소로 나를 반겼다.

"용택 씨, 오랜만입니다."

"네, 오랜만이군요. 여기까지 무슨 일로 찾아오셨습니까?"

그와 긴말을 하고 싶지 않았기에 곧장 본론을 물어보았다.

그 또한 인사치레로 시간을 낭비하고 싶지 않았던지 무례한 나의 말투에도 얼굴색 하나 바꾸지 않고 입을 열었다.

"리치 던전 재공략 일정이 잡혔습니다. 같이하시겠습니까?"

어느 정도는 예상하고 있던 그의 본론이었지만 막상 귀로 들으니 강한 거부감이 마음에서 샘솟았다. 이미 리치는 내 가족과도 같은 의미였다. 약속의 인장의 효과인지는 몰라도 동생들 다음으로 정이 가는 이가 바로 리치였다.

그런 리치를 죽이러 가자는 말을 나에게 하는 박 팀장의 말에 분노까지 들었지만, 그들이 리치를 죽일 능력이 안 된다는 걸 알았기에 분노를 다시 마음 깊숙한 곳으로 집어넣었다.

"전 죽고 싶지 않습니다. 그런 경험은 한 번이면 충분한 것 같습니다."

"저번의 일을 교훈 삼아 이번에는 많은 수의 헌터들과 계약을 맺었습니다. 자세히는 말씀드리지 못하지만 A급 헌터도 포함되어 있습니다."

대구에서 활동하고 있는 A급 헌터의 숫자는 단 3명에 불과했다.

그들을 움직이게 하기 위해서는 엄청난 금액이 필요했다. 아니, 돈만으로 그들을 회유하기는 싫지 않았다.

A급 헌터들 대부분은 회사를 운영하기 때문에 개인을 회유하는 건 불가능하다고 볼 수 있었다.

"A급 헌터 회사와 계약을 맺으셨습니까?"

A급 헌터를 움직이는 방법은 A급 헌터 회사와 계약을 하는 방법밖에 없다는 생각이 들어 그에게 물어보았다.

"네, 그렇습니다. 어떤 회사와 계약을 맺었는지는 자세히 말씀드리지 못하지만 계약을 맺었습니다."

A급 헌터 회사와 계약을 맺었다는 말은 수익 대부분을 그들에게 뺏겨야 한다는 말이었다.

하지만 리치의 던전에는 막대한 양의 보석이 있었고, 일부의 수익일지라도 엄청난 금액이었기에 제일 헌터 회사는 A급 헌터 회사와 함께하기를 선택한 듯했다.

"저는 그래도 다시 그곳에 가고 싶지 않군요. 죄송합니다."

"그러시군요. 그럼 저는 이만 가보겠습니다."

차가운 말투로 뒤돌아서는 그에게서 나를 무시하는 느낌을 받았다.

겁쟁이라고 생각하겠지.

하지만 리치의 손에서 겁을 집어먹는 건 내가 아니라 당신들이 될 거야.

나는 박 팀장에게 들은 얘기를 리치에게 고스란히 들려주었고 리치는 콧방귀를 낄 뿐 다른 어떤 대처를 하지도 않았다.

"어르신, 저기 헌터들 다가오는 것 같은데요."

숲 속에서 부산함이 느껴졌기에 나는 은신을 한 채로 실험실 위로 올라가 헌터들이 다가오는 것을 지켜보았다. 리치도 이 상황에서 실험을 계속하고 있을 수는 없었던지 내 옆에 다가와 그들이 오고 있는 것을 지켜보고 있었다.

"부나방들이 날아오는구나. 저 정도 수의 부나방은 오랜만이야."

나는 실험실에서 나올 때 능력 측정 안경을 들고 나왔기에 그들의 능력을 확인해 볼 수 있었다. 이미 작동법은 리치에게 배워 능숙하게 사용할 수 있었기에 무리의 선두에 서 있는 헌터부터 확인해 보았다.

힘 : B(Ⅱ)
민첩성 : C(Ⅱ)
마력 : D(Ⅱ)
재생력 : D(Ⅲ)
특수 능력 : 없음

선두에 선 헌터는 단순히 정찰조의 역할을 하는 헌터였던지 별다른 능력은 찾아볼 수 없었다. 리치가 연구한 수십 가지의 몬스터의 능력과 비교하여 결과값을 나타내는 능력 측정기였기에 꽤 우수한 정확도를 자랑했다.

선두에서 약간 뒤로 물러서 거만한 자세로 다가오는 이가 A급 헌터일 것 같았기에 그의 능력을 확인해 보았다.

힘 : C(Ⅲ)
민첩성 : D(Ⅲ)

마력 : B(Ⅰ)

재생력 : D(Ⅲ)

특수 능력 : 정신 지배

소문으로만 들었던 정신계 각성자였다.

자연계와 신체 강화 능력 각성자보다 훨씬 귀한 존재였기에 직접 눈으로 보는 것은 처음이었다.

"어르신, 저기 저 사람 정신계 능력자인데요?"

"그래? 한번 실험해 봐야겠구나."

리치의 손짓과 입에서 나오는 알 수 없는 주문에 목장에서 한가로이 쉬고 있던 몬스터들이 그들에게 달려들었다. 오크와 오우거뿐만 아니라 트롤과 소수의 와이번까지 있는 몬스터 무리가 동시에 움직이는 장면은 장관이었다.

"전방에 몬스터 발견."

"다들 전투 대형을 유지해라. 공격조는 전방의 몬스터를 공격하고 지원조는 와이번을 묶어라."

서른 마리 정도의 몬스터는 분명 위협적인 존재였지만 100명이 넘는 헌터들 앞에선 큰 힘을 발휘하지 못했다.

숫자에는 장사가 없는 법. 몬스터 한 마리당 3명 이상의 헌터들이 달라붙었기에 순식간에 몬스터들이 정리되었다.

나는 내 손으로 먹이를 주며 키운 몬스터들에게 약간의 정을 붙였기에 그들이 죽는 모습에 가슴이 아팠다. 그런 나의 마음을 모르는지 리치는 다시금 손으로 마법진을 그리며 주문을 외웠다.

"그래, 숫자 놀음 한번 해보자꾸나."

리치의 주문이 끝나자 땅에서 미세한 진동이 느껴졌고 곧이어 진동은 점점 더 거세졌다.

"좀비와 스켈레톤이다!'

한 마리의 좀비가 일어나고 뒤이어 수십 마리의 좀비와 스켈레톤이 땅을 기어 올라왔다.

수십 마리가 수백 마리가 되는 데까지 걸린 시간은 담배 한 개비 피울 시간 정도밖에 걸리지 않았다.

땅 위에서 솟아오르는 스켈레톤과 좀비 부대에 겁을 집어먹지 않는 사람이 있을까?

하지만 그들은 A급 헌터 회사라는 이름답게 대처가 빨랐다.

"전방에 언데드 무리다. 화염계 능력자들 준비. 최대한 진형을 유지한다. 쓸데없이 체력 낭비하지 마라."

일반적인 공격에는 저항력이 높은 좀비와 스켈레톤이라는 걸 잘 알고 있는지 헌터들은 리더의 명령에 따라 서로를 지키며 진형을 유지했다.

"나를 보호해라."

A급 헌터는 자신의 능력을 사용할 생각이었던지 자신을 중심으로 인의 장막을 설치했다. 그리고 그가 눈을 감고 몸을

부르르 떨자 신기한 일이 일어났다.

헌터들을 향해 죽음의 향기를 피우며 다가오던 언데드들이 방향을 틀기 시작했다.

그러더니 헌터들에게서 떨어진 한곳으로 모여들었다.

"저기로 화염 공격을 퍼부어라."

백 마리의 언데드들이 모여 있는 곳에 갖가지 화염 공격이 퍼부어졌다.

화염구와 화염의 창까지, 화염계 능력자들이 자신이 펼칠 수 있는 최고의 공격들을 언데드에게 시전했다.

타오르는 불과 연기로 언데드들의 모습이 보이지도 않을 정도였지만 그들의 공격은 끊임없이 계속되었다.

"그만."

A급 헌터의 눈이 떠졌고 공격 중지 명령이 내려졌다.

연기가 가라앉고 불에 타오르고 있는 언데드들의 모습이 보였다.

"언데드 따위 괜히 겁냈어."

A급 헌터의 뒤에 있던 화염계 능력자는 자신이 한몫 거든 언데드 화형식을 뿌듯하게 바라보며 말했다. 하지만 그는 곧장 자신이 내뱉은 말을 취소할 수밖에 없었다.

"스켈레톤들이 다시 움직입니다."

불길에 타오르는 좀비를 뚫고 언데드들이 다시금 모습을 드러냈다.

"후방에 언데드 무리가 다가오고 있습니다."

숲 속에서도 언제 땅을 뚫고 올라왔는지 모르는 언데드들이 그들을 향해 다가오고 있었다.

"좀비는 머리를 날리고 스켈레톤은 산산조각 내버려라."

A급 헌터는 방금 한 번의 능력으로 약간은 지친 표정으로 거친 숨을 내쉬고 있었다.

하지만 그들을 향해 다가오는 언데드 무리를 보며 쉬고 있을 수만은 없었기에 다시 눈을 감고 정신을 집중했다.

"언데드끼리 싸우기 시작합니다."

A급 헌터는 절반에 달하는 언데드 무리를 조종하고 있었다.

같은 목표를 향해 걸어가던 동료가 자신을 찌른다면 얼마나 당황스러울까?

아무리 뇌가 녹아 없어져 버린 언데드들이라고 해도 비슷한 감정을 느낄 것 같았다.

같은 동료를 공격하고 싶지 않은 건지 아니면 살아 있지 않은 존재에 대해 관심이 없는 건지 자신을 공격하는 동료의 손길을 애써 무시하고 헌터들에게 다가오고 있는 언데드 무리였다.

"제법이군."

리치는 자신이 소환한 언데드를 상대로 선방하고 있는 헌터들을 보며 대견하다는 듯이 보고 있었다.

"어르신, 이러다가 언데드 다 죽는 거 아닙니까?"

"이제 시작이다. 지켜나 보고 있거라."

많은 수의 언데드였지만 충분히 상대할 만한 상대였다.

일반 성인 남성과 비슷한 힘을 가지고 있는 언데드였지만, 특수한 능력을 가진 헌터들은 그들을 어렵지 않게 막아낼 수 있었다. 아니, 숫자에서나 밀릴 뿐 기세에서는 오히려 앞서고 있었다.

"조금만 더 힘내라, 끝이 보인다."

백 마리가 넘는 언데드들의 숫자가 점점 줄어들고 있었고 헌터들은 언데드를 상대하는 방법에 익숙해졌기에 가속도가 붙었다.

"이제 대충 끝난 건가? 환영회 한번 거창하게 해주는걸. 이걸로 간에 기별도 안 간다고. 이것의 배는 되야 상대할 맛이 나지."

화염계 능력자는 눈앞을 메우던 언데들의 모습이 보이지 않자 다시금 입을 열어 입방정을 떨었고 동료 헌터들은 익숙한 상황인지 한 귀로 듣고 흘렸다.

"넌 입만 안 열면 정말 좋은 동료인데 말이야."

옆에서 듣고 있던 헌터는 그의 말을 한 귀로 흘리지 못하고 타박했다.

"전방에 새로운 언데드 무리가 보입니다."

모든 헌터들은 전방의 언데드 무리가 아닌 화염계 능력자를 한 번 쏘아보았다.

"아니, 내가 진짜로 이렇게 될 줄 알았나 뭐."

난처한 듯 머리를 한번 긁적이는 그의 모습에 헌터들은 헛웃음을 한 번 짓고 다시 다가오는 언데드 무리를 바라보았다.

그런데 점점 다가오는 언데드 무리가 조금 이상하게 느껴졌다. 방금까지 상대했던 언데드와는 달리 엄청난 덩치를 자랑하고 있는 놈도 껴 있었고 다른 언데드들도 이전보다는 큰 덩치를 하고 있었다.

"저건 뭐예요?"

나 또한 그런 언데드들이 신기했기에 리치에게 물었다.

"오크와 오우거로 만든 언데드지. 이번에도 이겨내면 인정해 주지."

몬스터로 언데드를 만들 생각을 다 하다니.

수백 년의 세월을 허투루 살아오지는 않았다는 걸 인정할 수밖에 없었다.

몬스터로 만든 언데드 무리의 위압감은 헌터들의 발을 움직이지 못하게 했다.

몇 번의 전투로 언데드에 대한 자신감이 가득 찬 상태였지만 자신의 눈을 의심하게 하는 새로운 언데드의 등장에 당황했기 때문이다.

"모두 긴장을 풀어라. 덩치만 클 뿐 언데드다. 다들 무기를 들어라."

단순한 말만으로 사기를 올릴 수 없다는 걸 잘 알고 있었기에 A급 헌터는 자신의 능력으로 발이 얼어 있는 헌터들의 사기를 끌어 올렸다.

몬스터의 정신을 지배하듯이 다른 헌터들의 뇌에서 공포를 인지하지 못하게 했고 헌터들은 광전사가 되어 언데드를 향해 용감히 달려들었다.

* * *

그런 모습을 지켜보고 있던 리치는 가볍게 박수까지 치며 좋아했다.

"오, 같은 편의 정신을 지배하다니 인간치고는 대단한 놈이구나."

"그렇네요. 무슨 마약 먹은 사람처럼 입에 침까지 흘리면서 달려드는데요."

"마약이랑 비슷하지. 저렇게 감각을 놓고 싸우면 지금 당장의 전투력은 상당히 올라가지만 심각한 후유증에 시달릴 게 분명하단다."

"그래요? 그럴 걸 알면서 저러는 거면 지독한 사람이네요."

"지금 눈앞에 언데드들이 살을 뜯어 먹으려고 달려드는데 나중에 생길 후유증이 중요하지는 않겠지."

헌터와 언데드의 싸움으로는 보이지 않는 전투가 계속되었다.

누가 언데드이고 누가 헌터인가?

헌터들이 옷을 입고 있지 않았다면 언데드끼리의 전투로 오해할 정도였다.

자신의 무기를 언데드에 쑤셔 넣고 주먹을 휘두르다 마지막에는 물기까지 하는 그들이었다.

"죽어라. 죽으라고 으아아아!"

언데드의 공격에 다리가 부러진 한 헌터는 기어서 언데드에게 다가가 그의 다리를 붙잡고 늘어졌다. 그런 그가 맛있는 먹잇감으로 보였던 언데드는 그의 머리를 터뜨려 뇌를 씹어 먹었다. 하지만 맛있는 식사를 하는 언데드의 머리는 얼마 되지 않아 다른 헌터의 손에 부서졌다.

서로가 목숨을 도외시하는 전투는 구역질날 만큼 치열했다.

"이제 어느 정도 전투가 끝난 것으로 보이는구나."

리치의 던전 앞마당에 서 있는 존재는 없었다.

언데드고 헌터고 다들 쓰러져 신음을 흘리고 있었고 그래도 그중 멀쩡히 보이는 이가 한 명 보였다. 헌터들의 리더인 A급 헌터. 그만이 유일하게 피를 흘리지 않고 있었다.

리치는 그에게 다가갔고 나 또한 은신을 펼친 채 뒤를 쫓았다.

*　　　*　　　*

"정신계 능력이 꽤 쓸 만하구나."

자신의 한계를 넘는 능력을 써서인지 A급 헌터는 제대로 서 있을 수도 없었고 눈조차 제대로 뜨지 못하고 있었다. 그가 눈을 뜨고 이 지옥 같은 상황을 본다면 정신을 유지하지 못했을 수도 있기에 눈을 뜨지 못하는 건 오히려 행운일 수도 있었다.

"리치인가?"

그는 A급 헌터다운 자존심을 담아 말했다.

그에게 몬스터는 사냥감에 불과했고 한 번도 몬스터에 굴복할 것이라는 생각조차 하지 않았기에 리치에게 굽힐 수는 없었다.

"그렇다. 허허, 아직 목이 뻣뻣한 거 보니 혼이 덜 났나 보구나."

"닥쳐라. 감히 몬스터 따위가!"

"허허, 몬스터 따위라니. 감히 인간 따위가 나에게 이렇게 큰소리를 다 치다니 세월 참 좋아졌구나."

리치와 어느 정도 감정을 공유할 수 있기에 그가 얼마나 분노하고 있는지 생생하게 느껴졌다. 감히 자신의 보금자리를 공격한 것도 기분 상하는 일이건만 패배를 인정하지 않고 오만한 그의 모습에 분노가 일지 않을 수 없었다.

"너의 말 한 마디에 저기 쓰러져 있는 동료들의 목숨이 위험할 수도 있다는 생각은 하지 못하는 건가?"

그의 어깨가 움찔거렸다.

눈을 뜨지 못하고 있기는 했지만 아직 상당수의 동료들이 살아 있다는 건 알고 있었다.

하지만 어차피 죽을 목숨이었기에 마지막 자존심은 지키고 죽고 싶었기에 리치에게 차갑게 말했다. 물론 그에게 동료들은 도구일 뿐이기도 했다.

"그런 말로 나를 현혹하려고 해봐야 아무런 소용이 없다. 어서 죽이거라."

그의 모습에 리치는 결심한 듯 그를 기절시켜 실험실로 데리고 들어갔다.

리치가 실험실로 들어가는 순간 언데드들은 힘을 잃고 다시금 땅속으로 들어갔기에 아직 살아남은 헌터들은 마지막 기회를 놓치지 않고 도어를 향해 죽을힘을 다해 도망갔다.

그러나 리치의 실험실에서 몬스터 도어까지의 거리를 부상 입은 헌터들이 이동할 수 있을 거라는 생각은 들지 않았다.

피 냄새를 맡은 몬스터들이 좋은 먹잇감을 놓칠 리가 없었다.

아니, 이미 피 냄새를 맡고 몬스터가 리치의 영역 주변을 에워싸고 있는 게 느껴졌다.

그런 그들을 몬스터의 한 끼 식사로 만들 수는 없었다.

"살아남은 인원은 어서 여기로 모여라."

A급 헌터가 리치의 손에 끌려간 이상 그 역할을 박 팀장이 대신해야만 했다.

다행인지 그는 죽지 않고 살아남아 있었다.

회사가 다른 헌터들도 상당수였지만 다들 그의 말을 순순히 따랐다.

하나둘 박 팀장에게 모여든 인원은 생각보다 많은 수였다.

그런 그들을 박 팀장은 인솔했고 30명이 넘는 헌터들이 동료를 부축하며 나름의 진형을 유지하고 리치의 영역을 벗어나기 위해 열심히 발을 움직였다.

그들의 머릿속에는 한시라도 빨리 이 지옥을 벗어나고 싶다는 생각밖에 들지 않았을 것이다.

'이렇게 남 좋은 일은 더는 하고 싶지 않았는데. 그래도 아픈 사람들을 나 몰라라 할 수도 없는 일이고. 에이, 괜히 힘쓰게 생겼네.'

나는 그들보다 한발 먼저 리치의 영역을 벗어나 입구를 지키고 있는 몬스터 무리를 만났다. 여러 마리의 오우거가 입구를 선점하고 있었고, 숲 속 뒤에서는 오크들이 하이에나처럼 군침만을 흘리고 있었다.

'오우거 다섯 마리라.'

다섯 마리의 오우거를 상대로 부상 입은 헌터들이 살아날 확률은 희박했다.

아니, 오우거를 피해 도망을 친다고 해도 오크들의 손아귀에서 도망친다는 것은 불가능했다.

써걱.

입구에서 헌터들이 나오기만을 기다리고 있는 오우거 중에 가장 앞에 있던 오우거의 다리가 무릎을 중심으로 두 조각이 났다.

갑자기 중심을 잃은 오우거는 당황한 표정으로 쓰러졌고 곧이어 자신의 다리가 잘렸다는 걸 깨닫고는 굉음을 질렀다.

"으어어어어어!"

뒤에 있던 오우거들은 갑자기 쓰러져 울어대는 오우거의 모습을 보고는 이상함을 느껴 주위를 두리번거렸고 쓰러진 오우거의 머리를 잘라내는 나의 모습을 발견할 수 있었다.

"안녕?"

오우거의 눈빛에 인사를 해야만 할 것 같아서 피가 흐르는 검을 들고는 가볍게 인사를 건넸다. 오우거들은 그런 나의 모습에 많이 반가웠던지 침까지 흘리며 나에게 달려왔다.

가장 빠른 속도로 달려오는 오우거의 몽둥이를 횡으로 피하고 뒤돌려차기로 오우거의 옆구리를 공격했다.

빠각!

오우거의 갈비뼈가 부서지는 소리가 들려왔다. 갈비뼈가

부러져 뒹구는 오우거를 감상할 시간도 없이 옆에서 양팔을 휘두르는 오우거의 공격을 피해야 했다.

하지만 뒤에서 다가오는 다른 오우거의 몽둥이 때문에 완전히 피할 수는 없었다. 선택해야 했다. 몽둥이찜질을 당할지 오우거와 포옹을 할지.

"오우거와 포옹은 사양이다."

아무리 리치와 결혼반지를 나눠 낀 사이라고 해도 오우거와 포옹까지 하고 싶지는 않았기에 옆에서 팔을 벌리고 달려오는 오우거의 공격을 피해냈지만, 뒤에서 날아오는 몽둥이에 왼팔을 허용해야 했다.

퍽!

왼팔은 완전히 부서져 퍼렇게 부어올랐고 내 뜻대로 움직이지도 않았다. 하지만 뼈가 재조립되고 멍이 가라앉는 데 오랜 시간이 걸리지도 않았다.

"더럽게 아프네."

나는 아직 부자연스러운 왼팔을 덜렁거리며 오른손에 들린 검을 찔러 나에게 몽둥이찜질을 선물한 오우거의 복부에 검으로 보답해 주었다.

복부에서 피를 뿜어내고 있는 오우거였지만 아직 주먹을 휘두를 힘은 남아 있던지 내 가슴팍에 주먹을 적중시켰고 나는 바닥을 몇 바퀴나 굴러야 했다.

쿵!

주먹을 휘두르는 것으로 생명의 불꽃이 꺼졌던지 오우거는 검에 찔린 복부를 부여잡고 쓰러졌다.

두 마리의 오우거를 죽였지만 아직 세 마리의 오우거가 나를 향해 다가오고 있었다.

특히 나와의 포옹을 꼭 하고 싶어 하던 오우거가 바닥에 무릎을 대고 있는 나를 향해 발을 추켜올려 밟으려고 했다.

나는 검을 바닥에 박아 넣고 양손으로 검을 밀어내어 미끄러지듯이 오우거의 발을 피해냈고 오우거의 오금을 걸어찼다.

무릎을 꿇은 오우거였지만 나보다 큰 키였기에 그의 등을 밟고 올라서 그의 목을 졸랐다.

오우거의 목 힘은 상당했지만 나의 팔 힘보다는 강하지 않았기에 얼마 되지 않아 질식이라도 했는지 입에서 게거품을 뿜어냈다. 오우거의 게거품이 내 팔에 떨어지는 느낌은 끔찍했지만 오우거를 놓아줄 수는 없었기에 팔에 더욱 힘을 주었고 더는 숨소리가 들리지 않았다.

"이제 두 마리."

나는 땅에 박혀 있는 검을 집어 들고는 몽둥이를 연신 휘두르며 다가오는 오우거에게 달려갔다. 일정한 박자에 맞게 휘두르는 몽둥이였기에 그것을 피해 검을 오우거의 복부에 박아 넣는 것이 힘들지는 않았다.

"마지막 한 마리."

자신의 동료들이 전부 바닥에 쓰러져 숨을 쉬지 않자, 그 모습에 분노한 듯 마지막 오우거는 거대한 몸으로 나를 짓이기려고 했다. 나는 멍청하게 정면으로 그의 몸통 박치기를 허용하고 싶지는 않았기에 투우사의 몸짓처럼 오우거를 피해 그의 등에 검을 박았다.

빠각!

등뼈를 가르면서 검이 박혔지만 오우거의 발걸음은 한참이나 계속된 뒤에 멈추었고 무릎을 꿇은 채로 숨을 거뒀다. 나는 그런 오우거의 등을 밟아 검을 뽑아냈다.

오우거의 등 위에 올라선 상태였기에 주변 경치가 더 잘 보였다.

특히 숲 속에서 발에 불이 난 듯 도망치는 오크의 모습이 눈에 띄었다.

"이 정도면 알아서 살아남겠지."

입구를 향해 다가오는 헌터들이 보였기에 나는 다시 은신을 펼쳐 리치의 실험실로 돌아갔다.

리치의 실험실에 도착하자 전에 내가 누웠던 돌침대에 A급 헌터가 누워 있었다.

"어쩌시려고요?"

나는 이상한 약을 제조하고 있는 리치에게 물었다.

"몬스터 목장에 남아 있는 몬스터도 없고 해서 몬스터를 잡고 관리할 목동이나 하나 만들려고 한다."

*　　*　　*

리치의 손길은 거침이 없었다.

헌터의 옷을 벗기고 약을 들이부었다. 그리고 입을 열어 강제로 약을 투여하기도 했다.

그리고 마지막으로 헌터의 속옷까지 벗겼다.

"어르신, 속옷은 왜 벗기신 겁니까?"

"거세해야 말을 잘 들어먹는 법이지. 애초에 물건이 달려 있으면 반항심이 생겨나게 마련이란다."

투여한 약들이 마취약이 아닐까 하는 생각이 들었다.

두 눈을 부릅뜨고 눈 한 번 깜빡이지 않는 헌터는 분명 정신이 깨어 있는 것 같았다.

눈빛으로 간곡한 거절 의사를 표시하는 그였지만 리치의 손에 들린 가위는 헌터의 의사와는 상관없이 입을 벌렸다가 닫았다.

차마 보고 있을 수가 없어 헌터에게 애도를 표하고는 실험실에서 빠져나왔다.

리치의 목동이 된 것도 서러운 판국에 거세까지 당하게 되다니.

A급 헌터로서 귀족이나 다를 바 없는 생활을 누리던 그가

이런 꼴이 될 거라는 생각을 한 사람은 아무도 없었을 것이다.

시체가 산을 이루고 있는 마당을 보고 있자니 더러운 기분이 들어 청소를 하기 시작했다.

몬스터의 시체와 헌터의 시체를 따로 나누어 구덩이를 파고는 불을 질렀다.

땅속에 묻어 묘비를 세워 주지는 못하지만 화장 정도는 해 줄 수 있었다.

시체에서 불길이 꺼져 갈 때쯤 리치가 실험실에서 걸어 나왔다.

그의 뒤에는 눈이 풀린 채 리치의 뒤를 쫓고 있는 A급 헌터가 보였다.

"너는 이놈 이름을 아느냐? 그냥 인간이라고 부르기는 그렇지 않으냐. 너 또한 인간이니 말이다."

"저도 그의 이름을 모릅니다."

"흠. 그래? 그러면 그냥 목동이라고 부르도록 하자꾸나. 인간보다는 목동이 낫지 않겠느냐?"

리치의 말이 설득력이 있었기에 나는 고개를 끄덕거렸다.

"그런데 목동을 어떻게 하신 겁니까?"

자아를 잃고 리치의 뒤만 졸졸 따라다니는 목동에 대해 궁금증이 생겨 물었다.

"내가 특수 제작한 시약으로 정신을 파괴하고 내 명령만을 들도록 만들었지. 너의 명령도 들을 것이니 걱정하지는 말거라."

"제 말도 듣는다고요?"

"그렇단다. 한번 실험해 보거라."

나는 목동에 앞에서 간단한 명령을 내렸다.

"앉아."

"일어서."

"손"

그는 잘 훈련된 강아지처럼 내 명령을 실행했다.

문득 내가 무슨 짓을 하고 있는지 깨달았다. 불과 몇 시간 전만 해도 A급 헌터였던 그였다.

인간이었던 그였다. 그런 그를 동물 다루듯이 다루고 있었다.

'내가 무슨 짓을 하는 거야.'

"전 도저히 못 하겠네요. 그래도 인간인데 제가 명령을 내리긴 좀 그러네요."

"뭐가 그렇다는 게냐. 어차피 인간도 계급이 존재하고 계급을 이용해 명령하는데 이 또한 그것과 다를 바 없지 않으냐."

리치의 말도 맞았지만 웬만해서는 그에게 명령을 내리고 싶지는 않았다.

"자아를 잃어버렸는데 능력은 그대로 있는 건가요?"

"그렇지. 능력도 없는 놈을 내가 왜 목동으로 만들겠느냐. 그냥 스켈레톤이나 좀비를 쓰지. 잘 보거라."

리치는 목동을 데리고 영역 바깥쪽으로 움직였다.

그곳에는 내가 죽인 오우거의 피 냄새를 맡고 다가온 다른 몬스터들의 모습이 보였다.

"마침 잘되었구나. 자 저 녀석들을 조종해 보거라."

리치의 명령에 그는 두 눈을 꼭 감고는 입을 중얼거렸다.

그러자 입구에서 어슬렁거리던 오우거 한 마리가 감히 리치의 영역으로 들어오기 시작했다. 자신보다 상위 존재의 영역에는 절대 침범하지 않는 몬스터였지만 그는 그런 생각을 하지 못하는지 제 발로 호랑이굴로 걸어 들어왔다.

"잘했다. 한 마리 더 조종해 보거라."

리치의 영역으로 걸어 들어가는 오우거를 멍하니 쳐다보던 다른 오우거 한 마리도 눈에서 총기를 잃고는 리치의 영역으로 걸어 들어왔다.

"잘했구나. 자 이제 목장으로 데리고 들어가거라."

마치 목장을 지키는 목장 개를 다루듯이 대하는 모습에 이질감이 들었지만 뭐라고 말할 수는 없었다. 리치의 칭찬에 매우 기뻐하는 그들을 방해하고 싶지는 않았다.

"저렇게 목장으로 데리고 들어가면 어느 순간 통제력을 잃어버리면서 날뛰는 거 아니에요?"

"허허, 괜한 걱정을 다 하는구나. 나의 영역에서 날뛸 몬스터가 그렇게 흔하지는 않단다. 목장 안에 들어온 순간부터 나에게 족쇄를 채워진 거나 다름없단다."

나는 목장 한편에 세워져 있는 작은 오두막(개집)에 자세를 잡고 앉아 있는 A급 헌터를 두고는 집으로 돌아왔다. 도어로 가는 길목에 몬스터에게 당한 듯한 헌터의 시체 몇 구를 발견하고는 그들을 묻어주었다.

"그러게 괜히 욕심을 부려서."

*   *   *

평소보다 늦은 시간에 집에 도착했기에 동생들은 걱정스러운 눈으로 나를 기다리고 있었다.

몇 명은 눈물을 글썽거리기까지 했다.

"형, 왜 이제야 오는 거야? 내가 얼마나 걱정했는지 알아?"

"조금 늦었지? 미안해. 자 이것 봐라, 너희 좋아하는 사탕 사 왔어. 이거 사 온다고 조금 늦었어."

눈물을 글썽거리는 동생들의 입에 사탕을 물려주었다.

"나 없는 동안 별일 없었지?"

"아까 전부터 오빠 기다리던 사람이 있어요."

"누가 나를 기다리는데?"

"용택아, 나다."

동생들의 뒤에서 친숙한 인기척이 느껴졌다.

"사장님, 여기까지 다 찾아오시고 무슨 일 있으십니까?"

마을까지 직접 찾아온 사장이 반가워 손까지 흔들며 그를 반겼다.

그도 그런 나의 모습이 싫지는 않았던지 입꼬리가 올라갔다.

"저기 조용한데 가서 이야기 좀 하자."

동생들이 들어서는 안 되는 얘기를 할 생각인지 사장은 나를 이끌고 뒷산으로 향했다.

"무슨 일이십니까? 사장님."

"너 괜찮은 거야? 지금 대구 헌터 협회 난리 났는데."

"왜 난리가 난 거죠?"

사장에게 질문을 던지는 순간 대강의 상황이 예상되었다. A급 헌터 회사와 B급 헌터 회사의 헌터들이 전멸을 당하다시피 했기에 대구 헌터 협회가 시끄러웠을 것이다.

"몰라서 물어? 리치 때문이잖아. 넌 다친 데는 없고?"

역시 리치 때문에 나를 찾아온 사장이었다.

"저는 다친 데 없습니다."

"그래 그럼 다행이고. 그런데 어떻게 된 일이야. 대충이라도 설명해 봐."

나는 나와 리치의 사이를 조금은 알고 있는 사장에게 몬스터 월드에서 있었던 일들을 대강 설명해 주었다.

"그럼 리치가 다 죽인 거야? 좀 말리지 그랬어. 네 말이라면 듣는 척이라도 할 거 아냐."

"말려봤자 또 쳐들어올 사람들이잖아요. 차라리 이번처럼 큰일을 당해봐야 욕심을 접죠."

"그래도 그렇지 그 많은 헌터들이 죽어가는 것을 지켜만 봤단 말이야? 실망이다."

"저도 가지 말라고 경고까지 했단 말입니다. 제가 바짓가랑이를 잡고 말려도 결국은 리치의 손에 죽을 사람들이었습니다. 제가 그 이상 어떻게 합니까."

나를 탓하는 사장의 말에 나도 모르게 언성이 높아졌다.

"그래 네 말도 맞다. 욕심 때문이지. 그래서 내가 D급 사냥터만 가는 거지."

그의 말 안에는 그의 과거에 겪었던 상처가 느껴졌기에 나는 조용히 그의 반응을 기다렸다.

"그런데 헌터 협회에서 어떤 결정을 내릴지 모르겠다. 이대로 C급 몬스터 서식지를 완전 봉인 하든지 아니면 다른 지역 헌터들을 모집해서 리치 소탕에 나갈지."

두 가지 다 나에게는 문제가 되었다.

C급 몬스터 서식지를 폐쇄하게 되면 더는 리치를 만날 수 없게 되는 것이고 다른 지역의 헌터들을 모집해서 리치의 서식지를 공격하게 되면 그것도 그것 나름대로 문제였다.

*　　　*　　　*

리치의 실험실에 출근한 지도 몇 달이라는 시간이 지났다.

몬스터 목장은 리치에게 칭찬을 받기 위해 목동이 스스로 몬스터를 수집해 목장의 규모를 키웠다.

그를 볼 때마다 여러 감정이 교차했지만 딱히 다른 행동을 하지는 않았다.

"어서 오너라."

평소와는 달리 나를 격하게 반기는 리치였기에 나는 의아함을 느끼며 그에게 다가갔다.

"무슨 좋은 일 있으세요?"

"드디어 너의 수명에 관한 실타래를 약간이나마 풀 수 있게 되었단다."

"진짜요? 그럼 저 이제 수명 제한이 없어지는 건가요?"

아직 흡수한 몬스터 숫자가 몇 되지 않기에 다른 몬스터를 흡수해 수명을 늘리면 된다고는 해도, 목숨과 직결된 문제이기에 걱정이 계속 들고 있었다.

그렇기에 그 문제를 어느 정도 해결할 수 있다는 리치의 말이 너무나 반가웠다.

"자! 내가 설명해 주마. 일단 너는 몬스터 한 종류당 1년이라는 수명이 늘어나지. 그리고 중첩이 되지 않지."

"네, 맞습니다."

뻔히 알고 있는 얘기를 반복해 말하는 리치였지만 뒷얘기를 기다리며 몸을 들썩거렸다.

"그런 너의 제약을 어느 정도 부술 방법을 내가 개발했단다."

"어떤 제약을 말씀하시는 건가요? 수명에 대한 제약 전부를 없앨 방법입니까?"

"미안하게도 아직 그 정도의 방법은 아니구나. 그래도 어느 정도 너의 고민을 덜어낼 수 있는 방법이란다. 몬스터를 중첩해서 흡수하지 못하는 너의 제약을 없앨 수 있게 되었단다."

리치가 개발했다는 방법은 궁극적인 해결책은 되지 않았지만 더는 1년에 한 종류의 몬스터를 흡수해야 하는 귀찮음을 덜어낼 수 있긴 했다.

1년이 끝나가는 시간에 느껴야 하는 초조함을 더는 느끼지 않아도 되는 것이다.

"자, 이 시약을 마시거라."

검은 시약은 폐수와 다를 바 없는 모습이었고 역한 냄새도 솔솔 풍겼다.

하지만 마시지 않을 수 없었기에 코를 막고 시약을 들이켰다.

"으으윽, 이거 맛이 너무 역합니다."

시약의 맛은 지금까지 먹어본 음식 중에 가장 최악이었다.

혀끝이 마비되는 맛이었다.

"으아아아아!"

피가 들끓었다. 심장이 아플 정도로 피가 빠르게 움직였다. 바다에 빠진 것처럼 온몸에서 식은땀이 줄줄 흐르고 손발이 저려왔다.

"조금만 참아라. 너의 피를 변화시키는 과정이란다. 뱀파이어의 순혈에 시약의 성분이 섞이는 중이다. 시약 안에는 만드라고라의 뿌리 성분과 엘프의 피가 정제되어 들어 있단다. 이 성분들이 너의 피를 순화시킬 수 있을 것이다."

리치의 말이 귀에 들리지 않았다.

온몸을 바늘로 찌르는 고통에 온몸을 비틀어보았지만, 고통은 더욱 심해질 뿐이었다.

"이제 끝나가는구나."

"헉헉… 어르신, 진짜 죽는 줄 알았습니다."

"내가 어찌 너를 죽이기야 하겠느냐. 자 얼른 시험해 보자꾸나."

아직 몸이 완전히 돌아오지는 않았지만, 리치의 손에 이끌려 몬스터 목장으로 향했다.

몬스터 목장은 목동의 지휘 아래 많은 몬스터가 한가로이 지내고 있었다.

"자, 보자. 네가 아직 흡수하지 않은 몬스터가… 미노타우로스가 있구나. 목동아, 미노타우로스를 이리로 데리고 오너라."

한가로이 목장에서 뛰어놀던 미노타우로스는 자신을 지목하는 리치에게서 불길함을 느꼈던지 뒷걸음질을 쳤지만, 목동이 자신의 능력으로 정신을 지배해 리치의 앞으로 데리고 왔다.

"고놈 실하구나."

푹.

리치는 미노타우로스의 목에 앞이 뾰족한 대롱을 꽂아 넣었다.

그러고는 나를 쳐다보았다.

"어서 피를 흡수하거라."

사슴의 피를 마시는 사람들이 이런 짓을 한다고는 들었지만 내가 이럴 줄은 몰랐는데 그냥 눈 딱 감고 대롱에 입을 댔다.

시약보다는 100배는 달콤한 피가 입을 통해 몸 구석구석 퍼져 나갔다.

오랜만에 흡수하는 몬스터의 힘이었기에 희열까지 느껴졌다.

시약을 마셨을 때와 비슷하게 피가 빠르게 움직였지만, 그때와는 달리 고통보다는 안락함이 느껴졌다. 피의 움직임이 잠잠해지기 시작하자 아쉬움마저 느껴졌다.

"어서 다시 실험실로 돌아가자꾸나."

리치는 미노타우로스의 힘을 흡수한 나에게서 피를 받아

내어 곧장 실험을 하기 시작했다.

몇 번의 실험으로 성공을 확신했지만 직접 확인하고 싶었기에 분주하게 피를 분석하는 리치였다.

"그럼 그렇지. 내가 실패할 리가 없지."

"성공입니까, 어르신?"

"당연히 성공이지 않겠느냐. 이제 너의 수명은 1년 7개월 남았구나. 그리고 미노타우로스의 능력이 궁금하지 않으냐?"

오우거의 피를 흡수했을 때는 강한 힘을 트롤은 강한 재생력을 나에게 가져다주었다.

미노타우로스의 능력이 무엇일지 궁금하지 않을 수 없었다.

"무슨 능력입니까? 아마 소 형태의 몬스터니 빠른 발을 갖게 된 겁니까?"

해골이기에 표정을 지을 수는 없지만, 그의 보라색 눈을 보고 있으니 왠지 음흉함이 느껴졌다.

"허허, 앞으로 너랑 결혼할 신부가 좋아하겠구나."

"그게 무슨 말이십니까?"

나는 리치의 말뜻이 무엇인지 알지 못했기에 몸 구석구석을 혼자 만져 보았다.

그리고 알 수 있었다. 평소보다 더 묵직해진 어떤 부분이 있다는 것을.

만족스러웠다.

"그리 좋으냐?"

나는 리치가 지켜보고 있다는 것도 잊은 채 한참이나 고개를 숙여 어느 한 곳을 확인했고 그런 나의 모습에 리치가 비꼬는 투로 말하였다.

"아닙니다, 어르신. 전투와 상관도 없는 능력인데요. 필요 없습니다."

"표정은 그렇지 않은데, 허허."

"진짜 아닙니다. 쓸데도 없습니다."

몇 번의 농담이 오가고 나는 집으로 돌아가기 위해 실험실을 벗어났다.

오늘따라 몬스터 월드의 하늘이 더 푸르게 느껴졌고 공기 또한 상쾌했다.

뱀파이어의 순혈의 제약을 어느 정도 풀 수 있었기 때문이다.

맑은 공기를 힘껏 폐로 들이마시고 있을 때 내 앞을 지나가는 목동이 보였다.

왠지 허전해 보이는 그의 바지를 보고 있자니 미안함이 느껴졌다.

*　　　*　　　*

아직 헌터 협회는 조용한 분위기였다.

아직 몬스터 도어 폐쇄 결정을 내리지 않은 것으로 보아 리치 소탕을 위해 헌터를 모으고 있는 것 같았지만 별다른 소식이 들리지는 않고 있었다.

그랬기에 한동안 마음 편하게 생활하고 있었다. 그러던 중 몬스터 협회에서 사람이 찾아왔다.

"안녕하십니까. 몬스터 협회 정준구입니다."

몬스터 협회는 국가에서 지원하는 협회 중에 가장 큰 조직이었다.

한국에 있는 대부분의 헌터는 헌터 협회의 소속이었고 나 또한 헌터 인증 시험에 합격하는 순간부터 헌터 협회의 소속이었다.

"네, 안녕하십니까. 여기까지 다 찾아오시고 무슨 일이 있습니까?"

불안한 기분이 들었다.

왠지 그의 입에서 내가 듣고 싶지 않은 말이 나올 것만 같았다.

"리치 소탕을 위해 소집령이 내려졌습니다. 물론 소집에 응하는 것은 헌터 개인의 선택이긴 하지만 웬만하면 참여하시는 것을 권합니다."

올 것이 오고야 말았다.

나는 조급하게 그에게 질문을 던졌다.

"리치의 소탕을 위해 얼마나 많은 헌터를 소집했습니까?"

"일전의 사고도 있고 해서 전국에 있는 A급 헌터 12명과 B급 헌터 36명을 소집했습니다. 그리고 용택 씨도 함께한다면 37명의 B급 헌터가 되겠군요. 그리고 C급 헌터들도 160명 가까이 소집에 응했습니다. 후방 지원조까지 포함한다면 300명에 가까운 인원입니다. 헌터 협회장님의 용단이 내려졌습니다."

제10장
사냥에 미치다

나는 헌터 협회의 소집 명령에 응할 수 없었다.

약속의 인장을 차고 있는 상태에서는 리치를 공격할 수도 없었거니와 오히려 이런 제안을 하는 헌터 협회를 공격하고 싶을 정도로 화가 났기 때문이다.

리치의 잘못이 무엇이란 말인가?

헌터들의 잘못된 욕심으로 시작된 일들이었다.

나는 이 일을 빨리 리치에게 알려주고 싶었지만 헌터 협회가 리치 소탕 작전이 시작되기 전까지 몬스터 도어의 출입을 통제했기 때문에 알려줄 수 없었다.

며칠이 지나고 300명이 가까운 헌터들이 몬스터 도어에 모여들었다.

그들의 감시를 뚫고 몬스터 도어로 들어갈 방법이 없었기에 나는 초조한 마음으로 기다릴 수밖에 없었다.

리치의 능력을 믿고 있었지만 A급 헌터 12명이 포함된 헌터 협회의 공격에 무슨 일이 생길지 몰라 불안해졌다. 마음속으로나마 리치를 응원하는 방법뿐이었다.

1시간이 지나고 2시간이 지나도 몬스터 도어 밖으로 나오는 사람은 아무도 없었다.

몇 시간이 지났는지 세는 것을 잊어버렸을 때 몬스터 도어를 통해 헌터들이 빠져나오기 시작했다.

처음 300명의 인원이 몬스터 도어를 들어갈 때와는 완전히 다른 모습을 하고 있는 그들이었다. 옷은 성한 데가 없이 누더기가 되어 있었고 피를 흘리지 않는 사람이 하나도 없었다.

나는 관리자보다 먼저 그들에게 달려갔다.

"어떻게 되었습니까?"

"성공했습니다. 하지만 대부분의 헌터가 죽음을 맞이했습니다. 살아남은 헌터는 저희가 고작입니다. A급 헌터와 B급 헌터 전부가 달려들어서야 겨우 동귀어진할 수 있었습니다. 후방에 남아 있던 저희만 겨우 목숨을 구할 수 있었습니다."

살아남은 이들은 전부 후방 지원조로 보이는 헌터들이었다.

나는 그의 말을 듣고는 곧장 몬스터 도어로 달려갔다.

뒤에서 나를 말리려는 관리자가 보였지만 그는 나의 발걸음을 막을 수 없었다.

*　　*　　*

몇십 번이나 오간 길이었지만 오늘따라 유독 길게 느껴졌다.

헌터들의 피 냄새를 맡은 건지 몬스터들이 평소보다 흥분한 상태로 보였다.

나는 그런 몬스터들을 피해 리치의 영역으로 들어섰다.

초토화된 목장이 가장 먼저 눈에 들어왔다. 그리고 그 위에 쓰러져 있는 수백 명의 헌터들.

아무도 몸을 움직이지 않고 있었다. 어떤 마법이 그 위에 쏟아진 건지 수십 미터의 구덩이가 여러 개 보였다.

"어르신 어디 계십니까?"

살육이 터져 나뒹구는 목장에서 리치를 찾아 외쳤다. 하지만 아무리 불러보아도 그의 모습은 보이지 않았다. 불안한 마음이 거세졌다. 안 좋은 생각이 계속 들었다.

"약속의 인장!"

약속의 인장을 나눠 낀 존재끼리는 상대방의 상태를 알 수 있었다.

뇌리를 스치는 그 생각에 나는 얼른 약속의 인장을 쳐다보았고 약속의 인장은 평소와 달리 붉은빛으로 변해 있었다.

이는 리치에게 안 좋은 일이 생겼다는 뜻이었다.

마음이 급해졌다. 아직 리치가 죽지는 않은 상태라는 걸 약속의 인장을 통해 알 수 있었기에 한시라도 빨리 그를 찾아야 했다.

"어르신 어디 계세요! 어르신!"

목청이 터져라 그를 불러보아도 그의 목소리가 들리지 않았다.

그는 지금 말할 수 없는 상태인 것 같았다.

나는 피로 붉게 물든 목장을 한 곳도 빠지지 않고 뒤졌다. 헌터의 시체를 들어 올리고 오우거의 뱃속까지 갈라 확인해보았지만, 리치의 모습은 보이지 않았다.

"혹시 비밀 금고에?"

전에 나와 라이프베슬을 두고 실랑이를 벌였던 비밀 금고가 생각이 났다.

내장을 배 위로 끄집어낸 오우거를 집어 던지고 비밀 금고가 있는 곳으로 뛰어갔다.

굳게 잠겨 있는 금고를 부식시켜 뜯어냈다.

그리고 쓰러져 있는 리치를 발견할 수 있었다.

"어르신, 괜찮으십니까?"

그의 모습은 괜찮아 보이지 않았다.

언제나 밝게 빛을 내던 눈에 박힌 보석들은 빛을 잃고 있었다.

"자네 왔는가."

반가운 목소리가 들려왔다.

"네, 어르신. 제가 왔습니다. 괜찮으십니까?"

"자네는 이게 괜찮아 보이는가?"

"아니, 왜 이런 모습을 하고 계신 겁니까. 헌터 100명이고 1,000명이고 상대하실 수 있다고 하지 않았습니까."

"허허, 강력한 탐지 능력을 가지고 있는 헌터가 있더구나. 영악하게도 다른 헌터들을 미끼로 삼아 라이프베슬을 공격하더구나."

그의 옆에 쓰러져 있는 라이프베슬 항아리가 보였다.

항아리는 금이 가 금방이라도 깨질 것만 같았다.

"제가 어떻게 해야 합니까? 어서 말씀해 보세요. 어르신은 모르는 게 없지 않습니까."

"내가 다시 살아날 방법은 하나뿐이라네."

"무엇입니까? 뭐든지 말씀해 보세요. 드래곤 하트라도 가지고 오라면 가지고 오겠습니다."

"드래곤 하트까지는 필요 없다네. 라이프베슬에서 빠져나간 마력을 다시 채워 넣으면 된다네."

"라이프베슬에 마력을 어떻게 다시 채워 넣습니까?"

"자네, 내가 준 마정석 추출기를 가지고 있는가?"

나는 주머니에 넣어두었던 마정석 추출기를 꺼내 물었다.

"여기 있습니다. 이걸로 어떻게 하면 됩니까?"

"거기에 붉은색 보석이 보이는가? 그것을 빼서 거꾸로 꼽아보게나."

나는 리치가 시키는 대로 마정석 추출기 가운데에 박혀 있는 보석을 꺼내 거꾸로 꼽았다.

"말씀하신 대로 했습니다."

"그걸 몬스터의 심장에 박아 넣으면 마정석을 마력으로 변환하여 추출한다네. 그 방식으로 마력을 추출해 라이프베슬에 넣어주면 라이프베슬이 마력을 흡수한다네."

"그렇게만 하면 되는 겁니까? 그럼 당장 오우거 몇 마리를 잡아 오겠습니다."

"허허, 왜 이렇게 급한 건가. 잠시만 있어보게나."

나는 당장에라도 리치의 라이프베슬에 마력을 채워 넣고 싶었지만 나를 만류하는 리치의 말 때문에 발을 멈추고 그의 뒷말을 기다렸다.

"한두 마리의 몬스터로는 라이프베슬에 마력을 채울 수 없다네. 최소 오우거 수만 마리의 마력이 필요하다네. 아니, 수만 마리로도 부족할지도 모르겠구나."

리치의 말에 발이 완전히 굳어버렸다.

하루 종일 오우거를 사냥해도 몇 달, 아니, 몇 년이 걸릴지 모르는 일이었다.

"라이프베슬이 이 육체를 지탱할 시간이 얼마 남지 않았구나. 나는 라이프베슬이 완전히 복구될 때까지 깊은 동면을 취해야 할 것 같구나. 미안하구나."

리치는 그 말을 마지막으로 더는 목소리를 내지 못했고 눈에 박힌 보석은 완전히 빛을 잃어버렸다.

하지만 약속의 인장은 미세하게나마 빛을 발하고 있었기에 그가 완전히 소멸하지는 않았다는 걸 알 수 있었다.

"어르신, 조금만 쉬고 계세요. 제가 반드시 라이프베슬을 복구해 돌아오겠습니다."

나는 비밀 금고 위를 흙으로 몇 겹이나 덮어 가렸지만, 그래도 마음이 차지 않아 무거운 바위를 올려놓고서야 리치의 라이프베슬을 들고 몬스터 도어를 빠져나왔다.

*   *   *

리치의 소탕이 끝났지만 막대한 손해를 입은 몬스터 도어의 개방을 미루는지 리치의 실험실이 있는 몬스터 도어에 다시 들어갈 수가 없었다.

한시라도 빨리 리치의 라이프베슬을 복구하고 싶었기 때문에 더 강하고 더 많은 수의 몬스터를 사냥하기 위해 또 다른 C급 몬스터 서식지가 있는 곳으로 갔다.

대구에는 이제 내가 가보지 못한 몬스터 도어로는 C급 1개와 B급 1개가 남아 있을 뿐이었다.

D급 몬스터 서식지의 몬스터로는 라이프베슬에 마력을 채우는 것은 불가능했고, B급 몬스터 서식지는 지금의 내 능력으로는 살아남기도 힘이 들 것 같았다. 결국 남아 있는 선택지는 다른 C급 몬스터 서식지뿐이었다.

"여기는 사막지대구나."

나무 한 그루, 꽃 한 송이조차 보이지 않는, 초록색이라고는 눈을 씻고 찾아보려야 찾을 수 없는 사막이 눈앞에 펼쳐져 있었다. 뺨을 스치는 바람에는 시원함이라고는 느낄 수 없었고 한증막에서나 느낄 법한 후끈한 바람이 모래를 퍼다가 내 몸을 더럽혔다.

그늘 하나 없는 곳이었기에 더욱 갈증이 나서 들고 온 물통의 물을 벌써 절반이나 마셨다.

이토록 더운 곳이었지만 그나마 습하지는 않았기에 땀은 나지 않아 그렇게 불쾌하지는 않았다.

"이럴 때가 아니지. 몬스터를 찾아보자."

몬스터가 있을 법한 곳을 찾기 위해 두리번거리는 내 눈에 사막 중간의 커다란 돌산이 보였다. 척 보기에도 몬스터가 서식하기에 좋은 장소였기에 망설임 없이 돌산으로 향했다.

돌산을 가까이서 보자 그것은 엄청난 규모를 자랑하고 있었다. 태권도 대구시 대표로 활동할 때 체력 단련의 목적으로 여러 산을 다니기도 했고, 대학 시절에도 틈틈이 등산을 즐겼기에 한국에 있는 명산은 대부분 가봤다고 자신할 수 있었다.

그런데 지금 눈앞에 보이는 돌산은 한국에 있는 어떤 산보다 높고 거대했다.

돌산이 내뿜는 위압감에 잠시 발길을 멈추었지만, 미약한 빛을 내고 있는 라이프베슬을 보자 다시 움직일 수 있었다.

"여긴 어떤 몬스터가 사는 거지?"

눈에 아무런 몬스터도 보이지 않기도 했고, 나름 실력에 자신도 있었기에 은신도 하지 않은 채 돌산을 오르기 시작했다.

돌산을 오른 지 1시간 정도 지나고, 마지막 남은 물을 입에 털어 넣고 있을 때, 내 주변을 에워싸는 존재들을 발견할 수 있었다.

오우거보다는 작은 덩치였지만 우락부락한 근육들이 위협적이었고 두 개의 눈 대신 커다란 눈 하나를 달고 있는 모습을 한 몬스터였다.

"사이클롭스구나."

몬스터 백과사전에서 본 기억이 나는 몬스터였다.

바위산의 오크라고 불리는 몬스터로 오크와 비슷한 힘을 가지고 있었지만, 오크보다 뛰어난 지능으로 무리 생활에 익숙한 몬스터였다.

"우우우!"

중세 시대 나팔 같은 소리를 내는 사이클롭스는 점점 많은 수가 모여 내게로 다가들었다. 처음 눈으로 확인한 수는 열 마리도 안 돼 보였지만 5분도 지나지 않아 그 수는 30을 넘고 있었다.

"오크 서른 마리라고 생각하면 되는 거지?"

오크 서른 마리를 상대해 본 적은 없었지만, 오크를 상대로 질 거라는 생각은 한 번도 한 적이 없었기에 오크와 비슷한 신체 능력을 가진 사이클롭스가 어렵게 느껴지지는 않았다.

"어서 들어와. 안 들어오면 내가 간다."

나는 위협만 하지 공격해 들어오지 않는 사이클롭스에게 답답함이 느껴졌고 그 답답함을 풀기 위해 정면에 보이는 사이클롭스를 향해 달려들었다.

어떻게 만든 건지는 몰라도 우둘투둘한 몽둥이를 휘두르는 사이클롭스의 공격을 상반신만을 이용해 피해내고는 몽둥이와 몸을 동시에 잘라냈다.

오크와는 달리 자신의 동료가 피를 흘리고 쓰러지자 무섭게 나에게 달려드는 사이클롭스들이었다.

"그래, 이제야 공격할 마음이 들었나 보구나."

*   *   *

네 개의 몽둥이가 사방을 막으며 날아들어 왔지만 나는 피할 생각도 하지 않고 몸으로 그들의 공격을 맞으며 몸을 회전시켜 네 마리의 사이클롭스를 베어냈다.

오우거의 힘과 드래곤 본마저 자르는 검이 있기에 가능한 공격이었다.

네 마리의 사이클롭스가 두 조각이 돼서 땅에 쓰러지자 뒤를 지키고 있던 또 다른 사이클롭스의 모습이 보였고 그를 향해 검을 휘둘렀다.

빠각!

내가 휘두른 검을 마저 피하지 못한 사이클롭스의 오른팔이 뼈 채로 잘려나갔다.

뼈가 부서지는 소리가 마치 게임의 효과음처럼 들려왔고 점점 현실감이 없어지고 있었다.

단지 이 전투에 집중할 뿐이었다.

"어서 달려들란 말이야."

순식간에 자신의 동료들이 피를 흘리며 쓰러지자 이 상황을 인지하지 못하고 있는 사이클롭스의 발이 멈춰져 있었고, 그것이 마음에 들지 않았기에 그들을 향해 소리쳤다.

"외눈박이 새끼들아, 어서 덤벼들라고."

몽둥이를 왼팔로 막아내고 몽둥이를 휘두른 사이클롭스의 목을 검으로 그었다.

분수처럼 터지는 피를 피해 오른쪽에서 달려드는 다른 사이클롭스에게 로우킥을 날려 그의 눈높이를 낮추었다. 보기 싫은 커다란 눈동자가 껌뻑이고 있었고, 그 눈을 향해 주먹을 내질렀다.

그러는 동안 여러 개의 몽둥이와 주먹이 나의 온몸을 향해 날아들었지만, 아랑곳하지 않고 사이클롭스의 눈을 집요하게 두드렸다.

퍽!

나는 눈이 터져 나가는 소리가 들리고서야 주먹질을 멈추고 다른 사이클롭스를 향해 달려들었다.

보이는 대로 검을 휘둘렀다.

다리가 보이면 다리를 자르고 주먹이 날아오면 팔을 잘랐다.

한 마리의 사이클롭스가 나의 중심을 뺏기 위해 다리를 공격했다. 내 몸을 붙잡고 있는 다른 놈들 덕분에 다리를 공격하는 그의 공격을 피할 수는 없었고, 결국 몸이 휘청거리며 땅에 손을 짚을 수밖에 없었다.

"우우우우!"

지금이 기회라고 생각했던지 리더로 보이는 사이클롭스가 다시 한 번 나팔 소리를 냈다.

여러 마리의 사이클롭스가 몽둥이를 집어 던지고 몸뚱어리로 나를 깔아뭉개려고 하였다.

한 마리가 내 위를 덮쳐 들어 왔고 그 위에 다시 여러 마리의 사이클롭스가 겹쳐졌다.

숨이 막혀왔다. 숨 쉴 공간조차 주지 않는 덩어리들의 공격 때문에 움직일 수가 없었다.

"육시랄 놈들."

숨을 쉴 수 없는 상황이었지만 더러운 냄새를 풍기는 사이클롭스에게 욕을 내뱉지 않을 수 없었다. 내 얼굴 위에서 더러운 사이클롭스의 배가 보였다. 더러운 냄새를 풍기는 원인이 이놈인 것 같았다. 두 팔 모두 사이클롭스의 무게를 견디지 못하고 움직이지 못했기에 지금 내가 할 수 있는 공격은 단 하나뿐이었다.

나는 그 더러운 배를 깨물었다. 아니, 깨물 뿐만 아니라 살점을 뜯어내 뱉었다. 그 동작을 몇 번 반복하자 사이클롭스의 창자가 보였다. 창자까지 물어뜯었다.

와그작.

창자가 끊어지는 고통에 사이클롭스는 발버둥 쳤고 그제야 몸이 움직일 공간이 생겼다.

완전히 일어설 수는 없었지만, 무릎을 굽힐 정도는 되었기에 무릎을 굽힌 채 내 몸 위에 햄버거처럼 겹쳐져 있는 사이클롭스를 꼬치처럼 검으로 관통했다.

검의 길이가 긴 편이 아니었지만 두 마리의 사이클롭스 꼬치를 만드는 데는 무리가 없었다.

"이제 좀 비키라고."

나는 꼬치처럼 끼운 사이클롭스를 발로 차 반동력을 이용해 몸을 빼냈다.

그리고 아직 누워 있는 사이클롭스들을 향해 무작위로 검을 박아 넣었다.

퍽! 퍽! 퍽!

한 번에 한 마리의 사이클롭스의 눈이 터져 나갔다.

퉤!

입안에서 사이클롭스의 더러운 살 조각이 혀에 느껴졌고 곧장 뱉어냈다.

"마무리하자고."

리더로 보이는 사이클롭스의 주변으로 다섯 마리의 사이클롭스가 남아 있었고 나는 다시 그들과 치열한 전투를 벌였다.

의도적으로 리더로 보이는 사이클롭스를 향해서는 공격하지 않았다. 그는 마지막 사냥감이었다.

한 마리의 사이클롭스의 머리에 검을 찔러 넣었고 검을 빼냄과 동시에 검 손잡이로 반대편 사이클롭스의 눈을 박살 냈다.

내 몸을 붙잡고 늘어지는 사이클롭스는 목을 비틀어 죽였다.

이제 나를 향해 공격하는 사이클롭스는 한 마리밖에 남아 있지 않았다.

"네가 이 무리의 리더로 보이는데 맞지?"

그가 알아들을 거라고는 생각하지 않았다. 대답을 원하고 한 질문이 아니었다. 죽이기 전에 마지막으로 나의 목소리를 들려주고 싶었을 뿐이다.

쓰윽!

그놈의 한쪽 팔을 잘라냈다.

쓰윽!

다른 한쪽 팔마저 잘라냈다.

하지만 여전히 반항적인 눈빛은 그대로였고 나는 나보다 높은 위치에서 바라보고 있는 그의 눈이 마음에 들지 않았다.

쓰윽! 쿵.

그의 오른 다리를 잘라내서야 나와 그의 눈높이가 비슷해졌다.

"금방 끝날 거야. 조금만 참아."

나는 사이클롭스의 목을 향해 이빨을 들이밀었다.

언제나 몬스터의 힘을 흡수할 때 마시는 피는 달콤했다.

비릿한 피 냄새는 전혀 나지 않았고 향긋한 내음만이 코끝을 간지럽혔다.

사이클롭스의 눈이 감기자 뱀파이어의 순혈이 더는 그의 피를 원하지 않았기에 그에게서 멀어졌다. 온몸이 희열로 부르르 떨렸다. 사이클롭스의 능력이 무엇인지는 알지 못했지만 강해진다는 느낌은 언제 받아도 좋았다.

"이럴 때가 아니지 얼른 마력을 추출해야지."

나는 서른 마리의 사이클롭스의 심장에 차례대로 마력 추출기를 꽂았지만, 마력이 추출되는 사이클롭스는 열다섯 마리도 채 되지 않았다. 이미 죽은 지 오래된 사이클롭스의 심장에서는 마력을 추출할 수가 없었기에 대신 마정석을 추출하여 주머니에 챙겼다.

두둑해진 주머니와 마력을 담은 추출기를 가지고 몬스터 도어를 벗어났다.

*　　　*　　　*

"오빠! 오셨어요?"

나를 반기는 소은이를 안아주고 싶었지만 사이클롭스의 피가 잔뜩 묻어 있는 상태였기에 가볍게 손만을 흔들어주고는 몸을 씻고 옷을 갈아입었다.

"추출기를 라이프베슬 항아리에 꽂고 보석을 돌리면 된다고 했지?"

나는 리치에게 배운 대로 라이프베슬에 마력 추출기를 집어넣었다. 마력 추출기 가운데에 박혀 있던 보석이 빛을 내었고 그 빛이 꺼지자 라이프베슬에 가 있는 수많은 금 중에 하나의 금이 사라지는 게 보였다. 이제 고작 하나였다.

"이렇게 해서 언제 다 채우지?"

'후, 조급해하지 말자. 시간은 많고 몬스터는 무수히 많으니까.'

나는 조급한 마음을 다잡고 라이프베슬을 다시 숨기고는 새로 흡수한 능력을 확인하기 위해 리치에게 받은 능력 측정 안경을 꺼내 썼다.

내 모습을 그냥 볼 수는 없었기에 거울 앞에 서서 확인해야만 했다.

힘 : B(I)

민첩성 : B(II)

마력 : C(I)

재생력 : B(I)

특수 능력 : 은신, 강한 힘, 부식, 재생력, 정력 강화, 화계 면역.

"화계 면역? 이게 사이클롭스의 능력인가?"

나는 지하실에서 나와 음식을 하기 위해 장작불을 피우고 있는 곳으로 가 손을 집어넣었다. 트롤의 재생력을 믿었기에 스스럼없이 그런 행동을 할 수 있었다.

장작에 붙어 빨간색을 내고 있는 불꽃에서 아무런 느낌을 받을 수 없었다.

손 가죽이 타거나 작은 화상조차 입지 않았다.

"이제 화계 능력자는 나한테 아무런 힘을 못 쓰겠네."

단순히 화계 면역이라는 글자만으로는 어느 정도의 화염까지 막아낼 수 있을지는 몰랐지만 트롤의 재생력과 사이클롭스의 화계 면역이 합쳐지면 아무리 강한 화염 공격이라도 몸을 지킬 자신이 생겼다.

"오빠 뭐 하시는 거예요!"

불 속에 손을 집어넣고 있는 나를 보고 놀란 소은이가 달려와 불 속에 있는 손을 빼냈다.

그녀는 울먹이며 나의 손을 쓰다듬었다.

"오빠, 아무리 힘들어도 그렇지 나쁜 생각 하시면 안 돼요. 아무리 오빠가 헌터라고 해도 불 속에 손을 집어넣으면 멀쩡할 리가 없… 멀쩡하네요?"

나는 소은이에게서 손을 빼내며 그렁그렁 맺혀 있는 눈물을 닦아주었다.

"내가 왜 나쁜 생각을 하겠어. 소은아."

*   *   *

마을은 안정기에 돌입했다고 해도 과언이 아닌 상태였다.

굶주린 사람은 한 명도 찾아볼 수 없었고 마을 주변의 논과 밭에는 농작물들이 가득했다.

그리고 많은 양은 아니지만, 식탁에는 닭고기가 올라와 있었다.

이런 마을에 대한 소문이 퍼졌던지 유랑민들이 찾아왔고 김 교수와 신 교수의 전공을 살린 심층 면접을 통해 소수의 사람들이 유입되었다.

대학교수 시절 수천 명의 면접을 본 특기가 이런 데 활용될 것이라고는 과거에는 상상도 못 했을 것이다.

"형식아 이리 와볼래?"

나는 형식이가 농업에 관련된 각성자라는 것을 알고는 있었지만 조금 더 정확한 정보를 얻기 위해 그를 불러 능력 측정 안경으로 확인해 보았다.

힘 : E(Ⅲ)

민첩성 : E(Ⅱ)

마력 : B(Ⅱ)

재생력 : E(Ⅲ)

특수 능력 : 성장 촉진

형식이의 기본적인 능력치는 또래 아이들과 비슷했지만 남다른 마력과 특수 능력이 그가 각성자라는 사실을 확인시켜 주었다.

"형식아, 네가 농작물에 관심을 가져 주면 농작물에 어떤 변화가 생기니?"

"형아, 내가 농작물에게 말 걸어주면 신나서 막 커지고 그래. 신기하지?"

마을의 모든 논과 밭에서 생산되는 농작물들은 시중에서 판매되는 농작물과는 비교되지 않는 크기와 맛을 자랑했고 그것은 형식이의 능력 덕분이었다.

사냥과는 크게 상관없지만, 음식이 귀한 지금에서는 오히려 전투 능력보다 더 뛰어난 능력일 수도 있었다.

"그래 신기하구나. 앞으로도 농작물들한테 말 자주 걸어주렴. 알았지?"

"웅, 형아. 나 농작물하고 얘기할 때가 제일 재밌어."

천성이 농부인 아이였기에 농업과 관련된 능력을 각성한 게 분명했다.

'그렇다면 나는 뭐지?'

나는 은신 능력자지만 내가 도망치고 다닌 적은 없었는데 왜 이런 능력을 각성했을까?

"형, 누나가 밥 먹으러 오래."

지하실의 입구에서 우리를 찾는 소은이를 보며 형식이를 안고는 지하실에서 나왔다.

내가 은신 능력을 각성한 이유 따위는 중요하지 않았다. 동생들과 하는 한 끼의 식사가 더 소중할 뿐이었다.

사이클롭스의 힘을 흡수한 지 하루가 흘렀을 뿐이었지만 나는 다시금 몬스터 도어로 향했다. 하루 만에 다시 사냥을 나가는 나의 모습에 동생들과 마을 사람들은 걱정에 찬 눈빛으로 바라보았지만 그들의 만류를 무릅쓰고 다시 몬스터 도어에 와야만 했다.

그들에게 이유를 설명할 수는 없었기에, 아니, 설명해 준다면 더욱 만류할 게 분명했기에 아무런 말도 하지 않고 몬스터 도어로 발길을 옮겼다.

뜨거운 햇볕이 회색 모래에 반사되어 눈을 따갑게 만들었다. 두 번째로 찾는 이곳이었지만 적응이 되지 않았다.

"다음에는 올 때 선글라스라도 하나 구해서 와야 하나?"

선크림까지 바를까라는 생각도 잠시 했지만, 그것은 사치라는 것을 알았기에 그냥 헛웃음 한 번을 짓고는 선크림에 대한 생각은 접었다.

이런저런 생각을 하며 사막지대를 뒤졌지만 다른 몬스터의 모습이 보이지 않았다.

"나도 이런 뜨거운 태양 아래에서 움직이기 싫은데 몬스터도 마찬가지겠지."

어쩔 수 없이 사이클롭스가 서식하고 있는 돌산으로 갈 수밖에 없었다.

서른 마리의 사이클롭스의 시체는 이미 사라지고 없어졌다.

모래바람이 그들을 옮겼는지 아니면 다른 몬스터의 먹이가 되었는지는 알지 못했지만, 뼛조각 하나 남기지 않고 없어졌다.

나는 돌산을 뛰어다니며 일부러 사이클롭스의 시선을 끌기 위해 노력했지만, 어제와는 달리 사이클롭스의 모습이 보이지 않아 30분 동안 이리저리 뛰어다녀서야 겨우 사이클롭스 한 마리를 만날 수 있었다.

"오늘은 사냥이 쉽지가 않은데."

머리가 잘려 쓰러져 있는 사이클롭스의 가슴에 마력 추출기를 꽂고는 긴 한숨을 쉬었다.

이런 속도의 사냥이라면 몇 년이 아니라 몇십 년이 걸려도 라이프베슬을 복구하기 힘들 것 같았다.

"대량으로 사냥할 방법을 찾아야 하는데."

*   *   *

사이클롭스의 심장에서 마력을 추출한 뒤 몬스터를 대량 사냥할 방법을 궁리할 겸 근처 바위 뒤에 앉아 생각에 잠겼다.

아무리 생각해도 좋지 않은 머리로는 답이 보이지 않았기에 바위에서 내려와 다시 몬스터를 찾아 나서려고 했다.

스슥 스슥.

무엇인가가 땅을 기어 다니는 소리가 들려왔다.

나는 다시 바위 위로 올라가 소리의 근원지를 찾기 위해 노력했고 사이클롭스의 시체 주변에서 찾을 수 있었다.

"뭐야 저건? 전갈이라고 하기엔 너무 크잖아."

보통 전갈이라고 하면 손바닥보다 조금 큰 크기를 가지고 있었지만 사이클롭스의 시체를 파먹고 있는 전갈은 2m가 훌쩍 넘는 크기를 자랑하고 있었다. 고개를 세우고 있는 꼬리까지 합치면 오우거보다 큰 크기였다.

거대 전갈은 한 마리가 아니었다. 불쑥불쑥 사막에서 튀어나오는 전갈의 숫자는 사막을 가득 채웠고 다들 사이클롭스의 시체를 향해 돌산을 오르고 있었다.

"사이클롭스 한 마리에 몇 마리나 달라붙는 거야."

사막 지역이라서 그런지 거대 전갈들은 굶주려 있었고 피에 민감하게 반응하는 듯했다.

어제 죽은 사이클롭스의 시체를 처리한 존재가 누구인지 충분히 예상할 수 있었다.

수십 마리가 넘는 거대 전갈과는 도저히 싸우고 싶은 마음이 들지 않았다.

트롤의 재생력으로 거대 전갈의 꼬리를 녹색으로 물들인 독을 해독할 자신이 없었기 때문이다.

나는 죽은 듯이 거대 전갈이 사이클롭스를 다 먹을 때까지 기다렸다.

거대 전갈들은 사이클롭스의 시체를 게걸스럽게 먹어 치우고는 뒤도 돌아보지 않고 돌아섰다. 하지만 예외는 항상 존재하는 법이었고 다른 거대 전갈들이 돌산을 내려가고 있을 때 여전히 먹이를 찾아 돌산을 두리번거리는 거대 전갈 한 마리를 발견할 수 있었다.

"거대 전갈은 무슨 능력을 줄까나?"

거대 전갈의 힘을 흡수한다면 독에 관한 능력일 거라는 예상을 하며 멍청하게 무리와 떨어져 있는 거대 전갈의 뒤로 다가갔다. 딱딱한 껍질에 급소를 찾기 힘들어 보였다.

물론 드래곤의 비늘도 갈랐다는 검이 내 손에 쥐어져 있었기에 껍질은 문제가 되지 않았지만, 다수의 거대 전갈을 상대하기 위해서는 급소를 알아야만 했다.

퍽.

거대 전갈의 등껍질로 올라서 곧장 검을 찔러 넣었다.

상당히 고통스러워하는 거대 전갈이었지만 그곳이 급소는 아니었던지 상당히 격하게 반항을 했다.

"모르겠다. 일단 죽이고 보자."

발광하는 전갈에게서 급소를 찾는 것은 쉬운 일이 아니었기에 무작정 거대 전갈에게 검을 쑤셔 넣었고 수십 번의 공격에야 기어코 거대 전갈의 움직임이 확연히 느려졌다.

"이걸 먹고 싶지는 않은데."

거대 전갈의 등껍질에서 흐르고 있는 녹색 액체를 마시면 힘을 흡수할 수 있을 것이고 큰 희열을 느낄 게 분명했지만, 유독 물질로 보이는 저 액체를 입안에 넣고 싶지는 않았다.

그래도 다른 방법이 없었기에 거대 전갈의 등껍질에 얼굴을 파묻고 피를 흡수하기 시작했다. 처음이 힘들 뿐 그다음은 예상대로 순조롭게 진행되었다.

거대 전갈의 녹색 피가 혈관을 타고 흐르는 것이 느껴졌다.

"우웩!"

힘의 흡수가 끝이 나자 거대 전갈의 피에서 끔찍한 맛이 낫기에 침을 여러 번 뱉어내었다.

거대 전갈의 피에서 더러운 악취도 동시에 풍겼기에 피 안에 독이 들어 있다는 걸 알 수 있었다.

"이놈의 약점을 어떻게 찾지?"

딱딱한 등껍질을 뚫고 거대 전갈을 죽이는 일이 쉽지 않았기에 고민이 되었다.

고민을 해결하기 위해 거대 전갈의 등껍질을 도려내어 주머니에 챙겨 넣었다.

집으로 돌아가 거대 전갈의 등껍질의 약점을 찾을 생각이었다.

나는 집으로 돌아와 거대 전갈의 등껍질을 신 교수에게 보여주었다.

신 교수는 기계공학을 전공했기에 재료에 관한 전반적인 지식이 나보다 뛰어나다고 생각했기에 그러면 나보다 좋은 방법을 생각해 낼 거 같았기 때문이다.

"이게 전갈의 등껍질이라는 말인가?"

자신이 생각했던 전갈의 등껍질과 너무 다른 모습을 하고 있는 거대 전갈의 등껍질이었기에 신 교수는 신기한 듯 등껍질을 관찰했다.

"그렇습니다. 어떻게 이 전갈의 등껍질의 약점을 찾으실 수 있으시겠습니까?"

나는 어려운 숙제를 그에게 주었다.

신 교수는 이런 숙제를 하는 것이 매우 즐거운 듯 평소에는 보지 못했던 표정을 나에게 지어 보였다.

"실험을 해보면 알겠지. 먼저 강도가 얼마나 되는지 알아봐야겠어. 인장강도와 전단강도 실험을 해본 다음 부식성 실험을 해보고 자네에게 말해주겠네."

신 교수는 실험을 위해 필요한 도구가 대학교 실험실에 있다고 하였고 나는 이미 폐허로 변해 버린 대학을 뒤져 몇 개의 실험 도구를 그에게 건네주었다.

실험 도구가 완벽히 준비되지는 않았지만 신 교수는 상관없다는 듯이 전갈의 등껍질을 가지고 여러 가지 실험을 하였다.

그런 그의 옆에 있는 것이 별 도움이 되지 않을 것 같아 그와 전갈의 등껍질을 두고 밖으로 나왔다.

"전갈은 독 관련 능력이 있겠지?"

지하실로 들어가 능력 측정 안경을 쓰고 거울을 쳐다보

았다.

힘 : B(ɪ)
민첩성 : B(ɪɪ)
마력 : C(ɪ)
재생력 : B(ɪ)
특수 능력 : 은신, 강한 힘, 부식, 재생력, 화계 면역, 독 면역

역시나 특수 능력에 독 면역 관련 항목이 추가되었다.

딱히 독으로 공격을 할 수 있는 능력은 아니었지만, 독 면역만으로도 충분히 도움이 되는 능력이었다.

"이제 전갈의 꼬리 독을 무서워하지 않아도 되겠는데."

물론 독 면역 능력을 가졌다고는 하지만 수십 마리의 거대 전갈의 꼬리에 담긴 독이 한 번에 몸에 들어온다면 면역 능력의 한계치를 넘어서 중독될 거라는 생각은 들었지만, 이전보다는 훨씬 수월하게 거대 전갈을 사냥할 수 있다고 판단했다.

서른 마리의 사이클롭스를 잡으면서 얻은 15개의 마정석은 고스란히 돈으로 환전되어 마을을 위해 사용되었다. 다른 헌터들이 이 모습을 본다면 돈 아까운지 모른다고 생각할지도 모르지만 나는 전혀 아깝지 않았다.

이미 나와 동생들이 먹고살기에는 충분한 돈이 있었고 이

제는 마을을 위해 쓸 때였다.

마을이 발전해야 동생들도 더 편하게 살 수 있다는 생각이 바탕이 되어 있기 때문이기도 했다.

"젖소는 잘 크고 있죠?"

목장에는 이제 닭들뿐만 아니라 다섯 마리의 젖소들도 키우고 있었다.

젖소 한 마리의 가격은 상상을 초월하는 금액이었지만 사이클롭스의 마정석보다는 싼 가격이었기에 과감히 젖소를 구매했다.

동생들과 마을 아이들의 균형 잡힌 영양 보급을 위해 꼭 필요한 조치였기 때문에 젖소를 구매하는 것을 마을 사람들 전부가 환영했다.

"그럼! 나보다 젖소를 더 잘 먹이고 있다네."

마을의 발전을 위해서는 아직도 많은 것들이 필요했지만 급하지는 않았다.

살아가기 위해 필요한 최소한의 것들은 이미 다 구비되어 있었기에 천천히 늘려 나가면 되었다. 젖소 목장을 시작으로 마을 한 바퀴를 천천히 걸었다.

웃고 떠드는 아이들과 그들을 바라보며 흐뭇하게 웃음 짓고 있는 어른들.

황폐해진 대한민국에서 어떤 마을이 이렇게 행복한 미소를 지으며 살 수 있을까?

그들의 웃음이 나의 가슴을 풍요롭게 해주었다.

"용택 군! 내가 얼마나 찾았는지 아는가?"

마을을 돌아보다 보니 하늘은 어두워졌고 신 교수가 실험에 들어간 지도 몇 시간이 지난 후였다. 그는 실험 결과가 나왔는지 나를 찾아 돌아다닌 듯이 보였다.

"신 교수님, 약점을 찾으셨습니까?"

그가 나를 이렇게 급하게 찾는 이유는 내가 내준 숙제를 풀었다는 의미였기에 나는 그의 대답을 재촉했다.

"일단 창고로 가서 얘기하도록 하세나."

우리는 거대 전갈과 대학 실험실에서 가져온 실험 도구가 있는 창고로 이동했다.

이동하는 동안 몇 번이고 질문을 던지고 싶었지만 빠른 걸음으로 창고로 향하는 신 교수에게 말을 걸 타이밍은 없었다.

"자, 이걸 보게나."

거대 전갈의 등껍질은 신 교수가 나에게 부탁해 여러 조각으로 쪼갰었는데 그중 몇 개는 형태를 알아볼 수 없을 정도로 뭉개져 있었다.

"이거 완전히 부서졌네요."

엿가락처럼 길게 늘어져 부서져 있는 거대 전갈의 등껍질을 들고는 신 교수에게 물었다.

"인장 강도 실험을 하다가 그렇게 되었네. 실험 도구가 충분치 않아서 정확한 수치로는 말하지는 못하겠지만 일단 내가 알아낸 정보를 알려주겠네."

"약점입니까?"

"무엇이 그렇게 급한 겐가? 천천히 들어보게나."

대학교수 시절 학생을 가르치는 말투로 설명을 시작하는 신 교수였다.

"보통 독일산 자동차에 많이 쓰이는 초고장력 강판의 인장 강도가 980정도라고 보면 된다네. 그런데 이 거대 전갈의 등껍질은 2배에 달하는 강도를 가지고 있다네. 보통의 방법으로는 흠집을 내기도 힘들다는 뜻이네."

확실히 거대 전갈의 등껍질은 딱딱했었다. 내 오른쪽에 묶여 있는 검이 아니었다면 거대 전갈을 잡기 쉽지 않았을 것이다.

"어려운 말을 하시면 제가 잘 이해하지 못합니다. 최대한 쉽게 설명 부탁드립니다."

공학적인 말을 퍼붓기 시작하는 신 교수를 말리고 쉬운 설명을 부탁했다.

"음음, 미안하네. 나도 모르게 교수 시절이 생각나서 그랬다네. 그럼 다시 쉽게 설명해 주겠네. 이 전갈의 등껍질을 부수는 데는 많은 힘이 필요하다네. 그런 등껍질을 굳이 힘으로 부숴야 되겠나?"

"힘으로 부숴야 할 상황이면 그래야 하겠지만 그렇지 않다면 더 좋은 방법을 찾아야겠죠."

"그렇지. 내가 여러 실험을 해보았는데 거대 전갈의 등껍질은 강도뿐만 아니라 산성에 대한 반응도 매우 뛰어났지. 하지만 불에 대한 내구성은 매우 약한 편이었다네."

사막 지역에서 서식하는 거대 전갈이었기에 화염 내구성이 뛰어 날것이라고 생각했지만 그렇지 않았다. 거대 전갈이 대부분의 시간을 모래 안에서 보내는 것도 화염 내구성이 낮아 그럴지도 모른다는 생각이 들었다.

"자 이걸 보게나."

그는 불에 그슬려 있는 거대 전갈의 등껍질을 보여주었다.

"약간의 기름을 묻혀 불을 붙여보았다네."

또각.

그는 너무도 쉽게 손으로 전갈의 등껍질을 절반으로 쪼개었다.

내 힘으로도 어렵게 부술 수 있던 전갈의 등껍질이 50이 넘은 신 교수의 손에서 설탕 과자처럼 부서졌다.

"높은 온도의 불도 아니었다네. 그런데 이렇게 돼버렸지."

신 교수의 말에서 어느 정도 거대 전갈 사냥법의 구상이 떠올랐다.

불에 약하면 불을 이용해 공격하면 되는 일이었다.

근데 불은 어디서 구하지?

수십 마리의 거대 전갈을 굽기 위해서는 많은 불과 적당한 장소가 필요했다.

생각을 아무리 해도 쉽게 답은 보이지 않았기에 내일 아침 몬스터 서식지로 들어가 방법을 궁리하기로 했다.

*　　　　*　　　　*

이른 아침부터 몬스터 도어에 나타난 나를 반갑게 맞이하는 사람은 도어의 관리자였다.

그 또한 이전의 도어 관리자와 다를 바 없이 마정석을 구해오는 나에게 큰 호감을 느끼고 있었다.

"아침부터 다 오시고 부지런하십니다. 근데 그건 무엇인가요?"

어깨에 짊어지고 온 한가득의 나무를 보고 관리자는 입을 벌리고 물었다.

"아, 이거요. 사냥에 필요해서 가지고 왔습니다."

화계에는 나무가 빠질 수 없는 일이지.

나는 도어에 들어와 나무를 돌산 한편에 두었다. 아직 화계를 펼칠 장소를 물색하지 않았기에 마땅히 둘 장소가 없었기 때문이다.

"자, 큰 동굴이나 하나 있었으면 좋겠는데."

이런 내 생각을 알기나 한 건지 돌산을 수색한 지 1시간도 되지 않아 엄청난 규모의 동굴을 발견할 수 있었다. 자연적으로 생긴 동굴이라고 하기에는 너무 반듯한 모습의 동굴이었다.

"여긴 누가 사는 거지?"

동굴의 입구부터 인공적인 냄새가 물씬 풍겼다.

부족한 예술 감각을 지니고 있는 나였지만 누군가가 장식의 목적으로 만든 모양의 비석들은 여러 개를 알아볼 수 있었다.

쾅! 쾅!

돌을 쪼개는 소리가 들려왔기에 나는 얼른 은신을 펼쳐 몸을 숨겨 소리가 난 곳으로 다가갔다. 그곳에는 외눈박이 괴물들이 정과 망치를 들고 돌을 깎아내고 있었다.

*　　　*　　　*

나는 그들의 모습을 멍하니 바라만 보고 있었다.

몬스터가 조각이라니?

처음 보는 장면에 그들이 몬스터라는 사실도 잊은 채 지켜만 보았다.

쾅! 쾅!

정과 망치가 부딪쳐 돌이 떨어져 나갔고 하나의 곡선이 생겨났다.

그들의 미적 요소가 내가 생각하는 예술과는 거리가 있었지만 분명 그들의 기준에서는 아름다운 작품일 것이다.

그런 그들을 두고 동굴의 안쪽으로 걸어갔다.

백 마리가 넘는 사이클롭스들의 모습이 보였고 그들은 단순히 무리 생활을 하는 것이 아니라 마을을 형성하고 있었다.

"호, 대단한데? 단순한 몬스터가 아니구나. 마을을 만들다니."

사이클롭스들이 가지고 있는 건축에 대한 기술은 인간에 비하면 떨어지는 수준이었지만 다른 몬스터에 비하면 엄청난 수준이었다. 사냥 도구를 걸어두는 거치대와 잠을 자기 위해 만들어둔 돌침대 하며 그들은 우수한 건축가였다.

그리고 한곳에는 공동으로 식사하는 공간까지 보였고 사냥해 온 사냥감들을 걸어두는 도축장도 있었다.

"젠장, 저건 뭐야? 사람들이잖아?"

도축장에 손과 발을 묶인 채 고리에 걸려 있는 것은 다름이 아니라 사람들이었다.

그들의 복장으로 비추어봤을 때 헌터들로 보였다. 여러 군데 찢어지긴 했지만, 일반적으로 헌터들이 주로 입는 복장이었다.

이미 죽었는지 미동도 없는 헌터의 앞으로 사이클롭스 한 마리가 다가갔다.

그의 손에는 커다란 도축용 칼이 쥐어져 있었고 그는 망설임 없이 헌터의 목을 잘라 피를 대접에 받았다.

오늘의 음식이 그로 정해진 것이었다.

완전히 피가 빠지자 그를 고리에서 내려 돌로 만든 식탁으로 끌고 갔다.

조각조각 나뉜 그를 사이클롭스들은 허겁지겁 먹기 시작했다.

"못 보고 있겠네."

마을을 형성하고 예술을 아는 존재라고 해도 일개 몬스터일 뿐이었다.

사이클롭스들을 대단하다고 생각했던 나의 머리를 부숴 버리고 싶을 정도로 강한 분노가 솟구쳤다.

사이클롭스들이 식사를 하고 있는 곳을 나와 다시금 동굴의 입구로 향했다.

여전히 정과 망치를 들고 비석을 조각하고 있는 사이클롭스들이 보였다.

작품을 만들고 있다고 생각했던 그들 또한 두 마리의 몬스터로 보였다.

며칠간 사이클롭스의 소굴을 탐색한 결과 여러 가지를 알아낼 수 있었다.

그들은 지능이 있는 몬스터답게 여러 가지 물건들을 만들어 사용하고 있었는데 그중 하나가 기름이었다. 어디서 구하는지는 알지 못했지만, 그들은 기름을 이용해 불을 피우거나 사냥 도구를 만들기도 했다.

"몰이사냥 시작해 볼까."

오늘도 동굴 입구 주변에서 비석을 깎고 있는 세 마리의 사이클롭스가 보였고 조각에 열중하고 있는 그들의 등에 검을 꽂아 넣었다.

두 마리의 사이클롭스가 쓰러지자 그제야 나의 존재를 알아챈 나머지 한 마리의 사이클롭스였지만 나를 막기에는 너무 늦은 감이 있었다.

마지막 사이클롭스의 목을 자르고는 1주일에 걸쳐 돌산에 옮겨둔 여러 무더기의 나무를 동굴에 뿌렸다.

"이 정도로는 부족하지."

나는 이미 죽어 있는 사이클롭스의 피 냄새를 강하게 풍기게 하기 위해 그들의 몸을 찢었다.

거대 전갈을 유인하기 위해 한 행동이었지만 나 자신이 잔인하게 느껴졌다.

거대 전갈보다 먼저 그들을 발견한 것은 다른 사이클롭스들이었다.

그들의 손 위에는 정과 망치가 들려 있던 것으로 보아 내가 죽인 사이클롭스들과 교대를 하기 위해 온 이들 같았다.

"우우우우우!"

나팔 소리를 내며 위급 상황을 알리는 그들이었고 몇 분이 흐르지 않아 수십 마리의 사이클롭스가 시체가 조각나 널브러져 있는 곳으로 모여들었다.

"빨리 와야 하는데."

거대 전갈을 기다리는 나의 심정은 초조해졌다. 동료들의 시체를 치우기 시작하는 사이클롭스들 덕분에 점점 피 냄새는 연해지고 있었기 때문이다.

스슥스슥.

여러 개의 다리를 이용해 땅을 기듯이 움직이는 소리가 들려왔다.

기다리고 기다리던 거대 전갈의 등장이었다.

"우우우우!"

이전과는 다른 톤의 나팔 소리였다. 아마 전투 준비를 알리는 신호인 것 같았다.

동굴 안에 있는 모든 사이클롭스가 거대 전갈과의 전투를 위해 무기를 챙겨 나왔다.

백 마리의 사이클롭스와 마흔 마리의 거대 전갈과의 전투가 시작되었다.

거대 전갈의 등가죽을 뚫기 어렵다는 사실을 이미 알고 있는 사이클롭스들이었는지 그들의 손 위에는 횃불이 들려 있었고 몇 마리의 사이클롭스는 기름을 거대 전갈을 향해 뿌려댔다.

"이제 움직이자."

나를 관심에 두지 않는 바쁜 그들을 두고 사이클롭스의 동굴 안으로 들어갔다.

이미 탐색을 마친 사이클롭스의 동굴이었기에 내가 원하

는 기름의 위치를 알고 있었고 어렵지 않게 찾아낼 수 있었다.

기름 보관장에는 총 10통의 기름통이 있었고 나는 바쁜 사이클롭스를 대신해 기름통을 거대 전갈의 옆에 옮겨두었다.

열 통의 기름통을 옮기기 위해 기름 보관장과 싸움터를 다섯 번이나 왕복했지만 아무도 나에게 관심을 두지는 않았다. 이미 그들의 눈은 서로에게 고정되어 움직이지 않았다.

"이거 나 너무 무시당하는 거 같은데."

무시를 받아도 좋았기에 나는 한창 전투를 벌이고 있는 그들을 두고 동굴 입구를 빠져나오면서 바닥에 떨어진 횃불 하나를 집어 들었다.

그리고 입구에 세워둔 기름통을 향해 횃불을 던졌다. 기름통 주변에는 한 무더기의 나뭇더미가 있었기에 불길은 거세져 입구를 틀어막았다.

"싸움 구경은 충분히 했으니 이제 불구경을 할 차례지."

펑! 펑!

내가 뿌려둔 기름통이 터지는 소리가 잇달아 들려왔다.

거세게 타오르는 불길과 어렴풋이 들려오는 비명 소리.

나는 이제 불길이 잠잠해지기만을 기다리면 되었다.

불길은 생각보다 오래 타올랐다.

더는 비명 소리가 들리지 않았기에 나는 조심스럽게 뿌연 연기가 가득한 동굴로 들어섰다.

"앞도 잘 안 보이네."

시야가 고작 2m 안팎이었기에 걸음걸이가 매우 조심스러울 수밖에 없었다.

많은 수의 몬스터가 불길과 연기에 죽었지만, 아직 미약하게 숨을 쉬고 있는 몬스터도 발견할 수 있었다.

"아직 살아 있어서 다행이야."

아직 죽지 않은 사이클롭스의 심장에 마력 추출기를 박아 넣었고 그의 심장에서 마력이 추출되어 추출기로 이동했다. 불 속성 면역이 있는 사이클롭스였기에 연기에 질식하여 죽은 이를 제외하면 상당수가 아직은 목숨이 붙어 있었기에 그들에게서 마력 추출을 했고 작업은 1시간이 넘게 계속되었다. 워낙 많은 몬스터가 몰려 있던 동굴 안이었기에 몇 달은 꼬박 사냥해야 모을 양의 마력을 추출할 수 있었다.

"이제 마정석을 추출할 차례인가. 이걸 언제 다 추출하나."

다른 헌터들이 들었으면 배 아플 말을 서슴없이 하고는 사이클롭스와 거대 전갈의 마정석을 추출했다. 마력을 추출해 내어 마정석이 비어 있는 몬스터를 제외하고도 일흔 마리가 넘는 몬스터의 마정석을 추출해야 했기에 도어의 퇴장 시간이 다 되어서야 작업을 마칠 수 있었다.

"이걸 다 들고 갈 수는 없겠지?"

워낙 많은 양의 마정석이었기에 일부만을 주머니에 넣고 나머지는 동굴 안 후미진 곳에 숨겨두었다. 많은 양을 들고 나올 수도 없었을 뿐 아니라 관리자의 의심을 사고 싶지 않았기 때문이었다.

『순혈의 헌터』 2권에 계속…

박선우 장편 소설
FUSION FANTASTIC STORY

PERFECT GAME
퍼펙트 게임

고통과 좌절의 시간들을 뛰어넘어
불사조처럼 일어나 세계를 제패한 사나이의 일대기.

대한민국을 넘어 메이저리그를 평정하며
명예의 전당에 헌정된 언터처블 투수, 이강찬.

강철 같은 어깨에서 뿜어져 나오는 그의 패스트볼은
무적이었으며 야구계에 길이 남을 **신화**였다.

야구만을 사랑했던 고독한 사나이.
그의 *퍼펙트게임*이 이제 시작된다!

Book Publishing CHUNGEORAM

유행이 아닌 자유추구 ─
WWW.chungeoram.com

가
프
장
편
소
설

관상왕의
1번룸

FUSION FANTASTIC STORY

거대한 도시의 그늘에서 벌어지는
짜릿하고 통쾌한 이야기!

『관상왕의 1번룸』

텐프로의 진상 처리 담당, 홍 부장.
절망적인 삶의 끝에서 만난 남국의 바다는
그를 새로운 인생으로 인도하는데……

쾌락을 원하는 거부, 성공에 목마른 사업가,
그리고 실패로 절망한 사람들이여.

여기, 관상왕의 1번룸으로 오라!

Book Publishing CHUNGEORAM

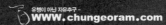

유행이 아닌 자유추구 -
WWW.chungeoram.com